圈套

衛斯理
親自演繹衛斯理
《圈套》

新之又新的序言，最新的

衛斯理小説從第一次出版至今，歷時已近半世紀，總共出了多少正版，還能計得清，若是連盜版一起算，那就算找外星人來算，也算勿清楚哉！不知能不能也算世界紀錄。

算得清好，算勿清也好，能幾十年來不斷出新版，説明不斷有讀者加入，對作者來説，沒有更值得高興的事了，謝謝所有喜歡衛斯理的人，謝謝謝謝。

倪匡

二〇二〇年六月四日 香港

幾句話

寫了四十多年小說，論者將拙作分為三個時期：早、中、晚。在明窗出版的一批，屬於早期和中期的上半。三個時期的創作風格有相當程度的不同，所以風評不一。本人並無偏愛，但讀友對早期的作品，頗有好評，大抵是由於在早、中期作品之中，主要人物精力充沛，活力無窮，所以使故事曲折多變，小說也就格外吸引。明窗出版社此次重新出版這批作品，正好讓大家來證明這一點。

四十餘年來，新舊讀友不絕，若因此而能有新讀友，不亦快哉！

倪匡

二〇〇五年十一月六日

序言

寫完《圈套》之後，曾和幾個朋友討論這篇小說的主題。

這其實不是一個好現象，因為小說，可以根本不必有什麼主題，只要好看就行。自然，也可以有主題。但如果刻意處處突出主題，就很容易使小說變得不好看，因小失大。希望《圈套》不至於如此。

《圈套》的主題是：人類自遠古開始，就已進入了一個步向徹底毀滅，自掘墳墓的圈套之中。

一位先生說：太悲觀了吧？

請看看人類的歷史——從古代到最近，如果能得出別的結論，當然最好，可惜很難。

至於小說中一再提及的未來世界出了事，究竟出了什麼事，衛斯理精神不死，總有水落石出的一天。

另外，白素所要做的，正是「天下父母心」的一個重要組成部分，為人子女，當人父母，都能了解的，是不是？

衛斯理（倪匡）

一九九一年四月十五日

目錄

第一部

風雨故人來

佈置一個圈套，讓目標鑽進去，是生物行為之一，脊椎動物中靈長類的人，最擅這種行為。節肢動物中的蜘蛛，也優為之，牠的方法是織一張網（那是生物界的極品藝術，人的本事再大，也織不出一張蜘蛛網來），等食物投入網中，可是那並不是圈套行為的典型，因為觸網的昆蟲並非自願，只是出於意外。

而靈長類的生物，智慧遠在節肢類的生物之上，所以，人佈成的圈套，叫進入圈套的人，心甘情願，以為中了圈套之後，會幸福快樂，無與倫比。所以，當圈套行為在進行中的時候，已進入圈套，或正準備進入圈套的，都懷有極度的憧憬。當其時也，一旁若有人大聲提醒：「這是圈套。別中了圈套。」一點用處也沒有——非但大聲叫沒有用，就算用力去拉，也一樣拉不回來。

很值得注意的一點是，會進行圈套行為的生物，自然不只靈長類的人和節肢類的蜘蛛，還有許多類別不同的生物，也有同樣的行為，但是只有靈長類的人，所進行的圈套行為，是要來對付同類的。

幾時看見過一隻蜘蛛苦心經營，結了一張網之後，目的是為了使另一隻蜘蛛墮入網中的？

可是，人所設置的種種圈套，卻都用來對付人。那麼，是不是可以說，靈長類生物中的人，基本上可以分成兩類，一類佈置圈套，另一類，則被誘進圈套之中。

當然，事實上不會那麼簡單，再擅於佈置圈套的人，也有可能被誘進他人所設的圈套之中——圈套是一個套一個，用無窮無盡的形式存在看，仔細想一想，任何一個靈長類生物的人，他的一生，也可以說，就是一個設置圈套和進入圈套的歷程，沒有人可以避免。這樣說，是不是可以列出一個公式：「圈套＝人生」？

題目好像愈說愈大了，必然地，題目愈大，就愈是枯燥乏味，所以還是少說為妙。

和一切故事一樣：閒話少說，言歸正傳。

苗疆回來，我們確定了紅綾就是早年突然失蹤的女兒，當真是百感交集。

但不論是喜怒哀樂，一起湧上心頭，總是高興莫名的事。

雖然在整件事中，還有一些謎團，未能揭開，像倮倮人在產生烈火女的過程之中，如何會產生有火焰包圍身體的現象等等。

但是既然知道了事件之中，有外星人參與，總可以作出設想，外星人有許多能力，超乎地球人的想像力之外，地球人無法了解，這才形成了謎團。若是從外星人超特能力這方面去設想，就容易有可接受的假設。

我就假設，那種扁圓形的飛船，和那種銀光閃閃，可以高速飛行的外星人，並不是第一次出現在苗疆，可能來過許多次了，並且曾接受倮倮人的崇拜，所以才在倮倮人之中，留下了「烈火女」這樣的制度。

苗疆這個地方，可能有特別吸引外星朋友之處，那個「古怪的杜令醫生」，不折不扣是個外星人，他們的總部，就選擇了苗疆。

別怪我把許多事都推在外星人頭上，事實上，牽涉到我們全家的種種遭遇，也正是因外星人引起的——若不是那艘天殺的扁圓宇宙飛船，恰好在那時降落，怎會引得鐵頭娘子和白老大相會？怎會叫大滿老九和陳大小姐看到了那樣的情景？

若不是這樣，一切都將改變——變成說不定我和白素連見面的機會也沒有，若是白老大滿足於苗疆的神仙生活，只願在那裏生兒育女的話。

現在不算太壞，甚至很好，人生既然如此難以預料，最好的對付態度，就只有聽其自然。

又到歐洲轉了一轉，會晤了年事已邁的白老大之後，回到家裏，白素有點坐立不安。老是似笑非笑地望着我，欲語又止。有時，坐在那裏發怔，卻又口角帶笑。更多的時候，伏案疾書，也不知寫些什麼。又弄了一副電腦來，從頭學起，用心之極，前後不過三天，我長嘆一聲：「你想去，就去吧。」

白素一聽之下，整個人直跳了起來，她甚至不過來親我的臉，只是向我拋了一個飛吻，叫了一聲：「我去教她用電腦。」

然後，大約不到十分鐘，她就一切準備妥當，衝出門口去了，我總算十分識趣，早就在門外，發動了車子的引擎在等她。

上了車之後，她才問我：「你不去？」

我嘆了一聲：「有你這樣的母親去，已經夠了——我的提議是，如果她對電腦沒有興趣，千萬別強迫她學。」

白素之所以坐立不安，自然是記掛在苗疆的女兒。

我的想法和她不同，我們的女兒，既然自小和靈猴在一起，在山野之中長大，我認為她更適合在苗疆生活。在藍家峒，人人都對她好，十二天官更把她當作了自己的女兒一樣，她的生活無憂無慮，無牽無掛，快樂逍遙，那簡直是人生最高的境界，多少人在紅塵中打滾，一輩子智慧的運用，想過這樣的日子而不可得，而紅綾天然就有這樣的生活，何必非把她「文明化」不可呢？

這就是我堅決主張把她留在苗疆的原因。

白素和我的意見相反，她說：「我們對她，可以說完全沒有盡到父母的責任，所以我們應該加倍，加十倍地關懷她，照顧她，把她培養成一個出色的人，她也有條件，有足夠的智力，成為一個出色的人。」

我曾和白素有過激烈的爭辯，結果是各自讓了一步，所以紅綾變為了「暫時留在苗疆」。

我一再告訴白素，紅綾，我們的女兒，有着極強烈的反叛性，親情在她身上的作用不大，那是由環境造成的。雖然她一見白素就十分親熱，但那只是天性的一小點，不能想藉這一點天性，就勉強她去做她所不願做的事。

我並且一再指出，紅綾如今，對文明世界的一切，表示極度的興趣，那只是好奇。等她的好奇心一過去，或不再那麼熱切，情形就不同了。

白素不以為然，但也沒有再爭辯下去，她只是道：「到她自己可以決定的時候，讓她自己決定好了。」

我只好暗暗嘆息：她現在是一個快樂人，等到她愈來愈文明化之後，她的快樂，也會隨之減少，我敢說白素錯了。可是又沒有力量可以阻止她去發揮多年來被壓制着不能發揮的母性，所以也只好聽之任之了。白素第一時間上了機，我在離開機場的時候，不由自主搖着頭，飛機明明還有二十分鐘才起飛，她急於去見女兒的心情，於此可見一斑。

回到家中，我有一件事情要處理，這件事有點古怪，本來，事情在昨天已經是起端，我應該和白素商量一下的。可是看到白素這種失魂落魄的樣子，我也懶得開口——就算說了，她也不會聽。天塌下來，她也不會管了，何況只是兩個舊相識要來拜訪。

然而，這兩個舊相識，卻非同等閒——別以為我完全不想去看女兒，但是這兩個人，既然說要來看我，我卻無法拒絕，非要留在家中等他們不可。

昨天早上，圖文傳真機發出聲響，表示有信息傳來。知道我這具儀器的信息傳遞號碼的人不是太多，我期待着會收到熟人的信息。

可是等到全部信息都顯露之後，我先是呆了一呆，對着信息的具名，怔呆了幾秒鐘，才發出了「啊」的一下低呼聲。

整個在紙張上出現的信號如下：「衛斯理先生，亟希望能和你晤面，有重要信息奉告，陶格先生和夫人。」

我就是對着「陶格先生和夫人」這個具名，呆了幾秒鐘的——一時之間，想不起這個用十分優美的英文書法所簽的名字是什麼人。

當然也只有幾秒鐘的時間，我就立刻想起來了：這一雙夫婦，在我一次怪誕莫名的經歷之中出現——一直到現在，我還在懷疑，那一次經歷，究竟從頭到尾，只是一場惡夢，或是一種幻覺，還是真有過這樣的事實。

會有這樣的疑惑，自然是由於事情實在太不可思議——這一段不可思議的經歷，記述在《玩具》這個故事之中。

一提起《玩具》，熟悉我經歷的朋友，一定是可以想起「陶格先生和夫人」是什麼人了。

陶格先生一家四口，陶格先生、夫人、和他們那一雙可愛的兒女。

陶格先生一家人，究竟是何等樣人呢？要簡單地介紹他們的身分，相當困難……嗯，他們來自未來世界，通過了時間運轉裝置，來到了現代。

而那個未來世界，卻是一個悲慘世界——機械人統治了地球，所有的生物絕滅，只保留了一小部分，都變成了機械人的玩具。

陶格先生的一家人，就是玩具，他們離開了未來世界之後，還一直在逃避，以為可以逃得過去，他們甚至避到了格陵蘭的厚冰層之下。

可是，最後，他們（也包括我），終於明白，根本逃不出去，所有逃亡過程，也是玩具玩法的一種，那股強大的，來自未來世界的，無可抗拒的控制力量，早已跟蹤而來，在繼續玩它的遊戲。

於是，陶格夫婦就開始酗酒，我最後一次見到他們，是在印度孟買的貧民窟中，他們蜷縮在用紙盒搭成的「屋子」中，狂灌最難入口的烈酒，他們的一對，可愛得如同金童玉女一樣的孩子，淪為乞丐。我曾和他們共醉一晚，第二天早上，頭痛得像是被劈了開來，他們一家也不見了，不知道又躲到什麼地方去了，明知躲不過，還是要躲，真是悲哀。

這一段經歷，在當時只覺得奇幻莫名，並不覺得特別恐怖，可是事後回想起來，卻是一想到就不寒而慄，十分叫人害怕。

因為未來世界的情形，必然會出現，到時，地球上的一切生物都會絕滅。這種未來，是如何逐步形成的？是不是可以有辦法挽回，都虛無縹緲得無可追究。

忽然之間，陶格夫婦竟然又向我傳遞了這樣要求見面的信息，實在令我緊張得全身肌肉僵硬——我首先想到的，是那種只有二十公分高，來去如電，能力大到不可思議的小機械人。

（如今的先進微型科技，已經可以製造出小如蚊蚋、性能非凡的微型機械人了，不知是人在玩它們，還是它們在玩弄人。）

我曾被這種小機械人俘虜過，甚至被它們帶到了未來世界，所以心中一直存在着相當程度的恐懼。在那次經歷之後不久，我曾在原振俠醫生處，知道有一種「新的宇宙生命形式——活的機械人」，我就曾想，那個和真人一樣的機械人，不知是否可以對付這種小機械人，實行「以夷制夷」。

不過，我一直無緣和這位叫作「康維十七世」的宇宙新形式生命見面。而且，自從那次離開了印度之後，我沒有再見到陶格先生的一家，也沒有再見到那種小機械人，所以已經把事情漸漸淡忘了。

突然之間又接到了陶格夫婦的信息，確然給我帶來震驚，我也不及細究他們是如何得悉我那具圖文傳真機的號碼了，只是迅速地憶起他們的外形，他們都極其俊美，在未來世界對玩具的分類之中，他們是屬於俊美型的——而當我身陷未來世界時，作為玩具，我的分類是強健型的。

玩具各有分類，就像現實世界中一樣。色彩繽紛的布娃娃是一類，供小女孩玩；合金鑄成的怪物又是一類，供男孩子玩，等等。

而且，連陶格先生的一家自己都不明白，他們的外型不會改變，小孩子也不會長大——這也是他們不得不在現實世界之中到處躲來躲去的原因，他們無法在一處地方住得超過兩年——十歲不到的孩子，要是兩年間一點也沒有改變，鄰居會怎麼想？

我想了很多，單是要不要和白素商量一下，就考慮了很久，因為我那次經歷，白素完全知道，而且在事後，白素有她十分獨特，值得深思的見解。

但是白素為了女兒的事，全副心神都投了進去，我知道她必然在最短期間，就有苗疆之行，所以還是決定這件事，由我單獨來處理——當然不是完全不要助手，我把溫寶裕和胡說找了來，先不說什麼，只是把陶格夫婦的信息給他們看。他們都熟悉我過往的冒險經歷，只要有普通程度的記憶力，就應該可以知道陶格夫婦是什麼人。

果然，一看之下，三秒鐘之內，兩人就都有了反應。胡說吸了一口氣，神色變得十分凝重，溫寶裕的反應，自然是一貫的緊張，他先發出了一下驚呼聲，然後，伸手在自己的額頭上，「啪」地打了一下，再大聲道：「他們那一雙可愛的子女呢？名字是伊凡和唐娜，對不對？他們……他們……」

他說到這裏，多半是想到了他們特殊的身分，所以也有點駭然，就略停了一停，用十分疑惑的神情望向我。

我攤了攤手：「從那次之後，我沒有再見過他們，也不知道他們來找我幹什麼，更不知道他們什麼時候會來，所以要請你們暫時在我這裏等候他們。」

胡說和溫寶裕對我的這個要求，並不拒絕，只是溫寶裕反問：「你呢？你有什麼事要做，以至不能在家裏等候老朋友？」

我嘆了一聲，確然，我另外有一些事，不能在沒有確切時間的約定下，二十四小時在屋子中等客人來，雖然這客人不但是舊相識，而且我十分渴望再見他們。

那「另外有一些事」，當然十分重要，要我親自去處理，但我並沒有回答溫寶裕，也不打算在這裏作任何透露，但當然，在整件事解決之後，當然會把全部經過披露出來的。

溫寶裕究竟成熟了不少，他見我沒有回答，雖然神情疑惑，但是也沒有再問下去。

我又告訴他們，白素到苗疆去了，我又怕老蔡得罪了來人，我再重申最後見到陶格夫婦的情形，他們是一雙無可藥救的酒鬼，所以他們可能以十分潦倒的外觀前來，絕不可怠慢，而且，可以盡量用好酒款待他們。我會盡可能多回來，同時，也會和他們保持聯絡。

胡說十分認真地點頭，實實在在，接受了我的委託，溫寶裕欣喜若狂。用他自己的話說，這幾天，他正無聊得「悶出鳥來」，又不能離開去探望藍絲，所以有了這樣的差使，雖然也是悶差使，但總比完全無所事事的好。

聽他發表了這樣的「謬論」，我不禁搖頭：「紅綾的事，還不夠刺激、不夠回味嗎？怎麼那麼快，就要追求新的刺激了？」

溫寶裕肆無忌憚地哈哈大笑：「這可是你自己說的，人的一生歷程，就是探險和繼續探險的歷程，自然最好每天都有新的刺激，花樣翻新，『五時花，六時變』，絕不雷同。」

我用力揮了一下手，不再和他胡扯下去，溫寶裕隨着我出了門口，大聲叫：「要不是我上山去探險，紅綾還在山上做野人。」

我搖頭：「你提了多少次？要不要把這樁功勞，用刺青的方法，刺在你的大腿上？」

我這樣説，當然是反話。可是溫寶裕聽了，卻大是認真，低下了頭，雙手在自己的大腿上撫摸着，像是還在考慮我的提議，是否可行。

我當然知道，他這時的行動，是心中另有所屬——他的小情人藍絲，大腿上就有刺青，左邊是一隻蠍子，右邊是一條蜈蚣，十分大而鮮明，初見的人，會嚇上一大跳，但習慣了之後，會感到那就是藍絲身上的一部分，像是她與生俱來的胎記。

果然，溫寶裕的心事被我料中了，他正在想念藍絲，他喃喃地道：「連女野人的身世，都有真相大白的機會，藍絲究竟是什麼來歷，是不是也會有水落石出的機會？她到底是什麼來歷？」

藍絲的來歷神秘，十二天官認為她是「蠱神的女兒」，當然不會真的如此。

溫寶裕提起這個問題，不止一次了，每次，我總勸他，藍絲的來歷是不是弄得清楚，根本無關緊要，絕不影響他和藍絲之間的情意。

但這一次，我卻沒有說什麼。因為有了最近的經歷之後，我覺得世上簡直沒有不可能的事——一個在苗疆滿山亂竄，身上全是長毛的女野人，追查她的身世的結果，竟然可以是我的女兒，那麼，順河飄流下來的藍絲，自然也可以是任何身分了。

我只是伸手在溫寶裕的肩頭上，輕拍了兩下，表示對他的安慰：別心急，有機會，或是機緣到了，你心中的疑問，總會有一天，能有答案的。

溫寶裕嘆了一聲，我已推開了門。外面風很強勁，從昨天起，天文台就有颱風來襲的警告，我還問白素是不是等颱風過了再成行——當然是白問，白素連三分鐘的時間都不肯耽擱。

我出門去辦事，天氣愈來愈壞，不但風勢加強，而且大雨如注。

我第一次打電話回去，是在離開七小時之後，當時，我身在一幢極高的大廈頂樓，從寬大的玻璃窗看出去，風大雨大，手中的一杯酒，放在桌上，居然在不斷地晃動——大廈的「搖擺系數」相當大，整幢大廈都在強風的吹襲下搖擺，不習慣這種情形，或是不明白高聳的建築物必須有這種搖擺的人，會十分恐懼。

接電話的是溫寶裕，他道：「沒有人來，我和胡說，在討論一個十分嚴肅的問題，有關人生哲學。」

我悶哼了一聲，不表示意見，只是說：「你們慢慢討論吧。」

第二次打電話回去，是在凌晨時分，我在一架車子中，車子正行駛在一條十分空曠的公路上，風勢更強，雨勢也更大，車子不像是行駛在路上，倒像是在大海的巨浪之中顛簸一樣。

聽電話的仍然是溫寶裕，我本來想表示歉意，那麼晚了又吵醒他。可是溫寶裕的聲音，一點也沒有睡意，反倒興奮之極，叫着：「他們來了。陶格先生和陶格太太來了，才到了不久。」

我看着車外的風雨，想像着在這樣的壞天氣去探訪老朋友的情景。

我道：「我還需要一點時間才能回來，你好好招待他們。」

溫寶裕在叫：「不。你最好立刻趕回來，因為情形……有點怪，有……你所意想不到的事發生。」

我吃了一驚，失聲道：「那種小機械人又出現了？千萬別和它們對抗。」

溫寶裕大聲道：「不是，我說事情是你意想不到，那就真是你意想不到的。」

我怒：「別賣弄了，快說是什麼。」

溫寶裕遲疑了一陣，我連連催促，電話中傳來了胡說的聲音：「真是要你來了，才能明白。」

胡說人很穩重，和溫寶裕截然不同，說的話很實在，而且靠得住。連他也那麼說，可知事情必有怪異之處。我停了一停：「我盡量在天亮之前趕回來，我現在有事。」

胡說道：「好，盡量等你來。」

我放下了電話——在這樣的大風雨中駕車，要集中精神才行，等到過了幾分鐘，我才想起，胡說的那句話，大有問題。

在剛才對話的情形下，胡說應該說：好，我等你來。或，我們等你來。

可是他講的卻是：盡量等你來。

那是什麼意思？是不是有什麼十分緊急的狀況出現，非立刻處理不可，以至他們只能「盡量」等我，若是等不到，就只好自行處理了？

一想到這一點，我自然又取起電話來，可是卻打不通，幾次之後，我焦躁起來，向電話公司詢問，說是由於狂風暴雨，我住的那一區的電話，全部發生故障。

溫寶裕有一具極小巧精緻的無線電話，是現代尖端科學的傑作，由科學怪才戈壁沙漠所製造，可是這具電話卻無人接聽，想是他留在家裏，沒有帶在身上。

我和他們，竟然失去了聯絡。

只不過是一場風雨，就會有這樣的結果，這真叫人啼笑皆非。當然，那絕不能歸咎於「人類的實用科學太落後」——事實上，人類的科學確然十分落後，但是通訊科學的發展，卻突出於其他類別的科學。

像這種在風雨中通訊斷絕的情形，只出現在有線通訊的情形下（光導纖維的通訊方法，也是有線通訊的一種）。利用無線電波的通訊方法，就只受太陽黑子過量爆炸，或其他天體的異常變化之中，才受到影響，比起人類的其他科學領域來，進步得多。

這時，我無法和溫寶裕、胡說取得聯絡，只是由於溫寶裕沒有把他的那具精巧的無線電話帶在身邊。

我也正是利用無線電話——只要我願意，可以利用這具小小的通訊工具，和地球的另一邊通話。

人類在通訊工具上的科學先進程度，如果要比擬，那隨便可以舉出兩個例子來：在醫學上，要等於早已可以克服種種致命的疾病。在交通上，也至少要有比現在快上三五倍而更安全的長途交通工具。

我忽然在風雨交加之中，想到了這一些，完全是沒來由的一種聯想，並沒有什麼特別的意義。我也只是略想了一想，就集中精神駕駛——我要去做的事，自然也十分重要，不然，不會在這樣的天氣去進行，也不會不在家中等陶格夫婦。

但既然那件事和這個故事無關，提過就算，以後再也不會囉唣。

那次風雨，一直到清晨時分，才稍稍小了一些，雨點打在車子的頂上，仍發出爆豆似的聲響，我把車子停在門口，離開了車子，一下子就衝到了門口，還沒有伸手去推門，門就一下子打開，顯然早已有人在門後等我回來。

我伸手抹去了臉上的雨水——雖然只是兩步路，也已經一頭一臉是雨水了。我看到開門的是溫寶裕，神情焦急，看來像是等了很久。

我一面向屋子中走去，一面道：「客人呢？你怎麼不把那具電話帶在身邊？你可知道這一區的電話全壞了？」

我一口氣問了不少問題，同時，也看到胡說背負雙手，正由踱步中停了下來。

胡說有點「少年老成」，像背負雙手，慢慢踱步的習慣，就古老得很，現代人不會有這種行為。

胡說一看到了我，就是一副「你終於來了」的神氣，向我作了一個手勢，神情怪異。

我一看，別無他人在——陶格夫婦是那麼矚目的一對男女，有他們在場的話，我決無見不到他們之理。

不等我再發問，溫寶裕就一躍向前，大聲道：「事情十分古怪。」

我又抹了抹頭髮上的雨水：「怎麼，他們沒有來？」

胡說的神情猶豫：「我……我們不能肯定。」

我一瞪眼：「這是什麼話，在電話裏，你不是告訴我他們已經來了嗎？還說要我來了才能明白。」

溫寶裕遲遲疑疑：「那時候，門鈴才響，胡說去開門，門外有一男一女兩個人，天氣那麼惡劣，誰會來找你？當然是你所說的陶格先生夫婦了——」

溫寶裕的推測自然有理，所以他一放下電話，就轉向門口，張開雙臂，大聲道：「歡迎，歡迎。最是難得，風雨故人來，歡迎——」

他還想繼續他的歡迎詞，可是這時，他已看清了在門口的那兩個人，胡說正在連連後退。那時，風大雨大，門一打開，風勢夾着雨水，直撲了進來，地上立時濕了一大片，站在門口的人，處境自然也不會好到哪裏去。

溫寶裕住了口，胡說到這時，才道出了一句話來：「請進。」他說着，和溫寶裕一起來到電話前，和我對話，那時，他們已經知道事情不尋常了，所以才有那一番對話。

在門口的一男一女，走了進來，胡說還是又呆了三五秒，這才過去，用力頂着風，把門關上。

關上門之後，風雨被阻隔在外，可是風聲和雨聲，還是十分驚人，一時之間，屋子中的幾個人，你望我，我望你，誰也不出聲。

我聽胡說和溫寶裕，交替地敘述，說到這裏時，就已經知道，來人一定是外形上十分特別，所以才令得他們舉止失措。

我皺着眉：「我早已說過，他們長期的酗酒，十分潦倒，是一身酒臭、衣服破爛的流浪漢！」

想起了在印度見到陶格夫婦的情形，我又不禁嘆了一口氣。誰知道溫寶裕和胡說的回答，卻出乎我的意料之外。他們先互望了一眼，接着一起搖了搖頭，胡說道：「不，他們一點也不像流浪漢！」

有了我對陶格夫婦描述的先入之主，溫寶裕和胡說，都有一個主觀的印象——陶格先生身形高大英俊，陶格太太一頭美髮，豔麗絕倫。

可是這時，一身衣服盡濕，站在門前，在簌簌發着抖的那一男一女，互相緊握着對方的一隻手，用一種失神的目光望向胡說和溫寶裕，他們兩個人，看起來，沒有一百歲，也有九十歲。那男人本來可能身形很高大，但無法深究，因為這時，他身形傴僂，像是天生的駝子，在看人的時候，要很吃力地抬起頭來。

他抬着頭，燈光正好映在他的臉上，所以也把他臉上重重疊疊的皺紋，看得特別清楚，鬆弛了的人類皮膚，竟然會形成如此可怕的效果。

他雙眼混濁，全然沒有光采，眼珠看來像假的，前額半禿，一頭白中透灰的頭髮，全披在腦袋的後半部，這時由於雨水沾濕了，都貼在頭上，看起來，也就格外怪異，他像是想說話，可是張開了口，口中是一副殘缺不齊的牙齒，缺者多而留者少，只是在喉際，發出了一陣古怪而不可辨的聲音。

雖然「人老了，牙齒都掉了，舌頭卻仍然在」的寓言，大家都知道，但是老到了一定程度，舌頭的靈活程度，也必然大大減低，這時眼前的那老人就是那樣，他的舌頭在努力運作，可是發出的聲音，還是混雜不清，全然不知道他想表達什麼。

自他口角處，淌下來的，也不知是雨水還是涎沫，看起來，更覺這個老人風燭殘年，隨時會倒下來。

溫寶裕和胡說，都很有應變的能力，可是看到了這種情形，也不禁手足無措，一時之間，不知如何才好——他們在打量了那老人之後，甚至沒有勇氣再去打量那個老婦人。如果說人老成這樣子，是一種相當殘忍的現象，他們心中都在想，老婦人看起來，會更殘忍一些。

還是胡說先恢復鎮定，他想伸手去扶一扶兩位老人，可是他才伸出手去，就被兩個老人一起抓住了他的手腕，老人仍然張大了口，努力想說話，但仍然難以清楚地發出聲音來，倒是老婦人先說出了一句可以聽清楚的話來，她在問：「衛斯理呢？」兩人到這時，才正面去看那老婦人，她的蒼老程度，和老人一樣，只是口唇上的裂紋更深，抓住了胡說的兩個老人的手，也是老婦人的那一隻，看起來更形同雞爪，同時也抖得厲害。

胡說忙道：「衛斯理有事出去了，會盡快趕回來，兩位是——」

由於眼前的老人，和他們想像中的陶格夫婦，相去實在太遠了，所以胡說不敢肯定他們是什麼人。

兩老人也沒有回答，只是一下子，就現出了十分失望的神情。

別以為皮膚鬆弛了，皺紋增多了，肌肉不靈活了，人就不能在臉上有適當的表情去反映心思。至少眼前這兩個老人，他們臉上所顯示的失望神情，就叫看到的人知道他們已處在絕望的邊緣。胡説和溫寶裕年紀輕，看到兩個老人這樣難過，不約而同地道：「是。是。衛斯理真該死。他不應該出去，不應該離開。」

我聽到這裏，悶哼了一聲：「這兩個老人不會是陶格夫婦，他們又沒有和我約定，我怎知道他們會來？你們不應該責備我。」

胡説嘆了一聲：「唉。當時看到他們的情形，會用任何語言，令他們心情好過些。」

兩人一面説，一面已扶着老人，坐了下來，溫寶裕正手忙腳亂地拿了一疊乾毛巾，給他們抹拭，又想起了他們如果是陶格夫婦，會需要酒，所以又斟了兩杯好酒，遞給了他們——這一下倒做對了，老人接過酒來，立刻各自大大吞了一口。

那老婦人又問了一句：「衛斯理什麼時候回來？」

溫寶裕忙道：「快了。快了。他才打過電話回來。」

兩個老人又喝酒，溫寶裕再問：「請問……嗯，本來，有一對夫婦，陶格夫婦會來訪……事先有約定，請問兩位是——」

溫寶裕問得十分有技巧，可是兩個老人並不回答——從那時起，兩人竟沒有再開過口，只是不斷地喝酒，胡說和溫寶裕用盡辦法迫他們說話，都沒有結果。

胡說本來就木訥寡言，倒還罷了。溫寶裕卻是能說會道之至，居然也沒有法子令老人開口，他事後憤然道：「老實說，那天晚上，如果我想逗兩具木乃伊開口，也成功了，哼。」

老人不再開口，胡說和溫寶裕無法可施，連他們的身分都不能肯定。那時，他們只盼我又有電話來，可是偏偏我和他們失去了聯絡。

我皺着眉，情形很怪，難怪他們說不能肯定陶格夫婦是不是來過。如今問題最重要的是，那一雙神秘的老人，到哪裏去了？當我在聽他們敘述之時，我心中想，老人一定是在樓上的房間休息，所以也並不着急。

可是胡說接下來所說的，卻令我又驚又怒，他道：「我們不住想和他們交談，但是他們只是喝酒。」

一直到凌晨四時，溫寶裕說話說得幾乎口唇開裂，兩個老人才放下酒杯，長嘆一聲，一起顫巍巍站起身來，仍然是手握着手，像是要這樣相互扶持，才不會跌倒。

他們向門口走去，胡說和溫寶裕大吃一驚，連忙攔在門口：「兩位，外面風雨那麼大，怎麼能出去？」

說到這裏，他們兩人不約而同，一齊到了門前，做出阻擋的手勢。

一看到這樣的情形，我不禁大吃了一驚，因為這表示他們的阻攔沒有成功：兩個老人家在狂風暴雨之中離去了。

我的目光變得十分凌厲，伸手指向他們，失聲道：「你們讓兩個老人離開了？」

胡說和溫寶裕互望了一眼，低下了頭，一聲不出，大有慚愧的神情——連溫寶裕也會有這種神情，這當真大出我的意料之外，因為他一貫死不認錯，受了責備，說什麼也要爭辯一番的。

這令我感到，事情一定有十分特別之處，所以我盡量令自己的聲音聽來柔和：「怎麼一回事，你們連阻止兩個老人離去的能力都沒有？」

溫寶裕神情苦澀：「正因為是兩個老人，一碰就會跌倒，所以無法動手阻攔他們。」

我頓足：「誰叫你動手來？你們兩個，只要站在門口，他們就出不去。」

胡說長嘆一聲：「衛先生，別說我們了，當時就算你和尊夫人都在場，也阻不住他們。」

胡說特別指出非但我，連白素在場，都不能阻止，更證明事出非常了。

我瞪着他，等他進一步的解釋。胡說十分難過地搖了搖頭，溫寶裕叫了起來：「他們哀求，求我們讓開，讓他們出去。」

他叫完了之後，也回瞪着我，雖然沒有再說什麼，可是那神氣分明是在說，這樣老的兩個老人哀求你，你能抗拒嗎？

我吸了一口氣，搖着頭：「他們一定有事來找我，就算天氣好，也不應該放走他們。」

溫寶裕反倒埋怨起我來：「那要怪你的不是，你明知他們要來，為什麼不在家等他們？」

我為之氣結：「我有事要辦，他們又沒有說明什麼時候會來，我怎能二十四小時等他們？」

胡說在這時，又長嘆了一聲，向我作了一個手勢，示意我別和溫寶裕爭辯，等聽完了他的敘述再說。

我也覺得事情必有蹊蹺，也想知道當時發生了什麼事，所以用力一揮手，請他說下去。

當時，胡說和溫寶裕一起阻在門口，要不讓兩個老人離去，自然綽綽有餘，兩個老人也沒有強行奪門而出的意思，只是伸出手來，發着顫，指着他們，老頭子的口中，仍然只發出含糊的聲音，老婦人的話比較聽得清楚：「讓我們走。」

溫寶裕説道：「兩位，你們來找衛斯理，他就回來了，天亮前，會回來。」

那時離天亮，也不過兩小時而已，溫寶裕自認所説的話，很有説服力。可是兩個老人卻身子一面抖，一面搖頭，老婦人道：「來不及了，你看我們，還能有多少時間？來不及了，讓我們走吧。」

溫寶裕也算是處理過不少棘手之事，胡説更是十分老成的人，可是在這樣的情形之下，他們也是手足無措，不知如何才好。

不論如何，他們都沒有理由在這樣的風雨之夜，任由兩個老人離去的。可是兩個老人哀求得那麼懇切，而且，對老人來説，兩小時的生命，有可能就是他們最後僅餘的生命了。

要他們把僅餘的生命，用在等候上，當然十分不當。

溫胡兩人還在猶豫不決，老人又嘆了一聲——他們連嘆息都不能一下子完成，而是斷斷續續的，由此可知他們的衰老到了何等程度。

溫寶裕還在努力：「你們來找衛斯理，有什麼事，能不能先對我們説説？」

兩個老人的神情哀傷，近乎絕望，一起緩緩搖頭，又向門口走近了半步。

溫胡兩人後退，胡説也在繼續努力：「兩位要到什麼地方去？我駕車送你們。」

胡説這個提議很好——老人堅決要離去，難以阻止。就算我和白素在，也只有這個辦法，至少可以知道老人落腳何處。

老人卻並不接受胡説的好意，又一齊緩緩搖着頭，老婦人道：「不……不必了，我們有車子。」

他們來的時候，一開門，溫寶裕和胡説，發現門外竟然是老得成了這樣子的兩個老人，驚愕之餘，並沒有留意門外的情形，再加上雨水撲進來，急於把門關上，也不知道老人是用什麼交通工具來的。

這時，老人説有車子，那就再沒有法子阻止他們離去的了。

胡説敘述到這裏，略停了一停，苦笑：「老人的神情淒苦哀傷之極，他們一定要離開，我們實在無法阻止他們，真的無法阻止。」

我暗嘆一聲，明白在那樣的情形下，任由老人離去，並不能算是他們兩人的過失。我道：「你們應該跟蹤他們，看他們到什麼地方去，而且，兩個老人……老到了這種程度，怎麼還能駕車？」

溫寶裕道：「我們都想到了，可是一開門，由於情景實在太奇特，我們呆了半分鐘左右，就錯過了時機，無法跟蹤了。」

我又大是惱怒，因為溫寶裕的話，根本不成理由，我道：「門一開，看到了什麼？一艘宇宙飛船飛進來，把他們載走了？」

我這樣說，以他們兩人和我相處之久，自然可以知道那是我生氣之極，意存譏諷。可是兩人一聽得我這樣說，卻現出了十分驚訝的神情，倒像是給我說中了一樣。

我忙作了一個手勢，請他們把當時的情形，速速道來。胡說指着門：「當時，我一面去開門，一面還問他們，是不是肯定要走——」

兩個老人的神情雖然絕望，叫人看了神傷，可是他們表示要離去的意願，卻十分堅決，同時盡他們可能，用力點了一下頭。

胡說做事穩重，臨開門之前，還和溫寶裕交換了一下眼色，得到了溫寶裕的同意，這才打開了門。

風勢仍勁，雨也很大，門一打開，站在門前的兩個老人，就被風吹得一個踉蹌，幾乎站立不穩。

溫寶裕在這時，踏前一步，想去扶兩個老人。可是他手還沒有伸出，只是向門外看了一眼，就現出驚呆之極的神情。

那時，胡說開了門之後，他人在門後，看不到門外的情形，但是在溫寶裕的神情上，也可以知道門外一定有十分怪異的事情。

也就在這時，撲進門來的風雨，勢子也陡然小了許多，胡說一個箭步，跑到了溫寶裕的身邊，向門外看去。

接下來發生的事，就令他們兩人「呆了半分鐘」。他們看到（溫寶裕先看到，胡說接着看到，其間也不過相差了一秒半秒，所以他們兩人看到的情形一致）在門外，停着一輛車子。

那應該是一輛客貨兩用車，在各處都可以見到，所不同的是，這輛車子的門，開在車廂的後面——這種情形，也並非稀罕。

車子是倒退駛到門口的，車廂後的門，正好對住了門口，也由於車子的阻擋，所以阻住了風雨。

兩個老人走到門口，車廂後面的門，自動打開，車廂中有燈光，兩個老人已互相攙扶着上車。胡說和溫寶裕兩人，向車廂中看了一眼，都張大了口，合不攏來。

他們看到，車廂中另有兩個老人在——他們以為來訪的兩個老人，應該是老人之最了，可是車廂中的那兩個老人，看來還要老，老到了難以設想的地步。

車中的兩個老人，還想伸手去接登車的兩個，可是等他們伸出發抖的手來時，那兩個老人，已經互相扶持着，登上了車子。

這時，雖然風雨被車子阻住，但風雨聲仍然十分驚人，胡溫二人，看到四個老人之間，口唇顫動，像是說了幾句話，但是一點也聽不到他們講了些什麼，只是看到登車的兩個老人搖了搖頭，在車上兩個更老的老人，也登時神情變得絕望之至。

胡說在講到這裏的時候，補充了他自己的意見，他道：「我認為在車上的老人是在問：見到衛斯理沒有。登車的老人給了否定的回答，所以車上的老人，哀傷欲絕。他們來找你，一定有性命交關的要事。」

我心情複雜沉重，一時之間，不表意見。

當時的情形是，胡、溫兩人為眼前的情景怔呆間，車廂的門已關上。他們本來已準備跟蹤，可是車廂門一關上，車子就以相當高的速度駛開去，撲面而來的風雨，令得兩人連眼也睜不開來。

第二部

不是人間偏我老

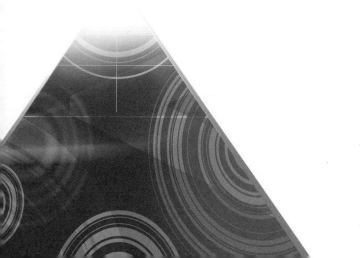

溫寶裕在這時候，張口大叫了一聲，吞進了一大口雨水，他一面叫，一面向外衝了出去，可是在狂風暴雨之中，人怎追得上車子？

只見車頭燈的亮光，照射出急驟的雨花，車子一下子就駛遠了。

我又不禁大是惱怒，冷笑一聲：「你們兩個人的敘述，頗得『屢敗屢戰』之三昧。」

「屢敗屢戰」是曾國藩的故事，在最初和太平軍的交鋒中，一直處於劣勢，他上奏摺，稱自己「屢戰屢敗」，但他幕下的一個師爺，將四個字的位置，調動了一下，變成了「屢敗屢戰」，事實一樣，但是在氣勢上，大不相同，表現了他已盡力而為。

溫寶裕和胡說，在敘述這件才發生的事件時，確然也大有此風——他們明明沒能留住那兩個老人，卻一再暗示自己已經盡力，在說到兩個老人離去之時，細節說得詳盡之至，可是卻故意把他們最大的疏忽，提也不提。

在他們的敘述中，我立即知道，他們竟未曾看到那車子是由什麼人駕駛的。

給我這樣諷刺了一句，胡說紅了臉，一時之間，難以再說下去。溫寶裕顯然也知道我何所指，可是以他的性格而言，他自然不會臉紅氣喘，他分辯道：「車子就頂在門口，看不到駕駛座位上的情形——車廂和駕駛室是隔開來的，等到車子駛走，我追出去，已經追不上了。」

我沉着臉，神色很難看，溫寶裕又道：「別說我和胡說追不上那車子，就算良辰美景，也無法在這樣的大風大雨之中，追得上那車子。」

溫寶裕很能猜度他人的心思，我那時正在想，若是我在場，是不是可以追上車子呢？結論是如果不是狂風暴雨，我可以有機會，但是風雨如此之大，我只怕也沒把握——既然如此，我自然不能深責溫寶裕。

一想到這一點，神色自然緩和了不少，溫寶裕又道：「而且，我們奉命，等的是陶格夫婦，對陶格夫婦，我們所知很多，沒有半分半毫可以和來的兩個老人扯上關係。」

我的思緒十分紊亂，嘆了一聲：「別解釋了，事實是，這兩個……四個老人的去向，一點可追查的線索都沒有，除非他們自己出現，不然，再也找不到他們了。」

胡說發出了「嗯」地一聲，表示同意我的說法，溫寶裕卻急速地眨了幾下眼睛，我立時伸手，直指向他的鼻尖：「你玩了什麼花樣，說。」

溫寶裕得意洋洋笑了起來：「他們身上透濕，我和胡說給他們乾毛巾，也幫助他們抹去頭臉上的水，我碰到老頭子的身上，好像藏着什麼硬物——」

他說到這裏，略停了一停，我知道接下來發生了什麼事，悶哼了一聲：「愈來愈有出息了。」

溫寶裕攤了攤手：「不能怪我，這兩個老人來得這樣突兀，又不肯表明身分，只說要見你，我有預感……他們會離去，所以先做了些準備功夫。唉，古九非真了不起，他教我的一些小法門，居然一試就成功，唉。」

溫寶裕口中的古九非，是大江南北第一扒手，曾和溫寶裕因一件奇事而相處過，以溫寶裕之「好學」，豈有不央求古九非授藝之理，他施展的手段，當然是古九非這扒手之王親自傳授的了。

至於他連嘆了兩聲，是由於古九非這個扒手之王，就在那樁奇事之中死亡，死得又慘又冤枉，所以他想起來，不免感嘆。

我伸手問溫寶裕：「拿來。」

溫寶裕現出尷尬之極的神情——這令我非但莫名其妙，而且十分惱怒，正想發作，胡說嘆了一聲：「沒有了，拿不出來了。」

我又是一呆，一時之間，更不明白。

溫寶裕卻又活躍起來，手舞足蹈：「考考你的智力，我自老人上衣內袋中摸出來的是什麼東西？」

我向胡說望去，見他也有向我挑戰的神情，心中雖然有氣，但也不能不認真地想一想。

首先，胡說的態度一直很怪——從兩個老人的離去，到我回來，已經有兩小時，他和溫寶裕自然商議過，也就是說，溫寶裕的行動，他都知道，但是他也一直不說，要等溫寶裕提出來，所以事情絕不尋常，不能從正常的途徑去猜測。

而那物體是「硬」的，隔着濕衣服，也可以感得到，溫寶裕也把那東西弄到手了，可是這時，卻又「沒有了，拿不出來了」。

那東西不是被老人搶了回去，也不會是被他們拋棄，那麼，是自動消失的。有什麼堅硬的東西，會自動消失呢。

想到這裏，範圍已十分狹窄了，雖然有點不可思議，但推理的結果，確然如此。

我悶哼一聲：「一塊冰？」

老人的懷中會藏着一塊冰，當然匪夷所思，但若不是事情很怪，溫寶裕也不會提出來要考我的智力了。

我一道出了推理的結果，溫寶裕和胡說，都「啊」了一聲，這證明我猜中了。

我更是惱怒：「你自老人的身上，弄到了一塊冰，你竟然任由那塊冰融化消失？」

溫寶裕直到這時，才現出慚愧的神色來，長嘆了一聲：「是我處事不當，我絕想不到……那會是一塊冰。」

我凝視着他，等候他作進一步的解釋。

溫寶裕吞了一口口水，做着手勢：「我毫不費力，就把那件東西弄到了手，抬了抬手臂，使它滑進了我的衣袖之中，那是即使搜身，也不容易被人發覺的所在。」

我冷笑：「別賣弄你的扒手經了，你難道不知道滑進袖子的是一塊冰？」

溫寶裕苦笑：「一開始，確然不知，有衣服隔着，等到感覺到不對了，又不能當着老人的面弄出來，因為畢竟是在人家身上弄來的東西，不過，的確，直到那時，我還是沒有想到那是一塊冰——誰會放一塊冰在身上呢？」

我嘆了一聲：「你就不會走開一會，看看弄到手的是什麼？」

胡説代溫寶裕辯護：「他怕走開了，我一個人難以獨立應付兩個老人家。」

當時的情形是：兩個老人不開口，我也不善辭令，是小寶用盡了方法在逗他們開口。」

溫寶裕苦笑：「等到我肯定弄到的是一塊冰，而且這塊冰正在融化時，我自然採取了行動，說了一聲『對不起』，就入了浴室。」

溫寶裕一進浴室，就一抖手，令得他扒到手的那塊冰，自他的衣袖之中滑出來，落進了洗臉盆之中。

儘管他無法相信，可是那確然是一塊冰，冰雖然已融了不少，但是原來的形狀還在，那是只同一色香煙大小的一塊，略薄。跌進臉盆時，邊緣部分，都已融化，但是整塊冰，看來還是十分晶瑩。

就是因為冰很晶瑩，所以一眼就可以看出，那只是一塊冰，除此之外，不會是別的東西。

聽到這裏，我又不禁發怒：「笨東西，你難道不知道有方法可以令冰不繼續融化的嗎？」

把冰放進冰箱的低溫部分，冰就不會再融化，這辦法再簡單也沒有，溫寶裕沒有道理想不到。

溫寶裕神情無可奈何：「其一，我想不到保存這塊冰有什麼用處。其二，胡說正在叫。『小寶快來，我們的客人堅持要離去。』所以我就急急離開。」

我悶哼一聲：「真好，不但冰沒有了，連冰融成的水也消失了——冰塊留在洗臉盆中，化成了水，自然不會留下什麼來。」胡說吸了一口氣：「我和小寶認為，老人的身上藏了一塊冰，那是表示一種信息。」

我咳嗽了兩聲，胡說繼續道：「你和陶格夫婦，曾在格陵蘭的冰原之下相遇？」

我點了點頭，同時又揮了一下手，知道胡說的進一步分析是什麼。

那次，在格陵蘭的冰原之上，是陶格夫婦出手救了我，印象十分深刻。

老人的身上帶着一塊冰，是不是目的在於一向我展示冰塊，就可以提醒我這段往事。

但是，他們只要隨便說一句話，就可以令我記起這段往事來，何必要用冰塊來作特別的提示？

唯一的可能是，他們的外形，有了極度的改變，改變到了我見到他們，根本無法相認，所以如果取出一塊冰來，就有利於證明他們的身分。

我失聲道：「那一雙老人，就是陶格夫婦。」

溫寶裕和胡說兩人一起點頭。

胡說進一步分析：「那冰塊之中，沒有別的秘密，只是普通冰塊。老人帶着它，目的是要證明他們自己的身分，因為他們變得那麼老，你認不出他們，怕你不相信他們所說的話——事實上，他們已經老得失去了適當的言語能力，給你看一塊冰塊，可以替代很多語言。」

我完全同意胡說的分析，而在那時，我陡然又靈光一閃，叫了起來：「進屋子來的老人，不是陶格夫婦。」

剛才我還說那一雙老人是陶格夫婦，忽然又加以否定，胡、溫兩人自然大為詫異。

我覺得喉頭有點梗塞：「在車廂中那兩個更老的老人，才是陶格夫婦，進屋子來的兩個，是他們的孩子，伊凡和唐娜。」

胡說和溫寶裕都現出駭然之色——陶格夫婦突然衰老，固然令人駭異，但他們本來就是成年人，變成老人，似乎並不突兀。

而伊凡和唐娜，本來是活潑可愛的兒童，突然衰老，就在感覺上十分怪異，難以接受了。

我深深吸了一口氣：「他們一家，都……在變老，相信那是一次突變。」

溫寶裕叫：「所以他們向你求助。」

我閉上了眼睛一會，心中難過之至。雖然我不知道真確的經過情形，但是他們一家，亟需幫助，殆無疑問，而我竟未能和他們見面，使他們失望之極。

我不以為我可以和未來世界的主宰力量對抗，但至少可以弄明白在他們身上發生什麼事之後，盡力去幫助他們。而現在，他們上哪裏去了？失望之餘，是不是還會再來找我？

老人身上的冰塊，已經可以證明他們的身分，他們是在什麼處境之中？

我的思緒紊亂之極，勉力定下神來，覺得有必要把事情從頭到現在，想上一遍。

陶格的一家，是未來世界的玩具。他們之所以會出現在現在，是通過了時間運轉裝置的結果，而他們之所以能通過這種裝置，也是未來世界主宰者的安排，是主宰者對玩具的一種玩法。對主宰者來說，這種玩法，或者可以稱之為「寵物歷險記」——我曾到過未來世界，也曾成為這種「歷險記」中的主角，所以當後來，陶格夫婦知道怎麼逃也逃不出去時，我很能了解他們的心情。

作為「玩具」，他們不會衰老，孩子不會長大——主宰者有足夠的能力可以控制這一點，使他們「青春不老」。

十分諷刺的是，青春不老，一直是人類自古以來追求的目標，但等到真正可以享受到這一點時，人類都已淪為玩具了，這算不算是巨大的諷刺？

如果那四個老人，正是陶格的一家（我有充分的理由相信這一點），那麼，他們顯然衰老了，和現在所有人一樣，而且，老得十分可怕，已經到了風燭殘年。

這個事實說明了什麼呢？

他們已不再是「玩具」？終於擺脫了未來世界主宰者的追蹤？他們已經自由了？還是未來世界又發生了天翻地覆的變化，自顧不暇，再也不能控制「玩具」了？

還是主宰者的控制，有一定的期限，現在已經過了這個期限，所以他們開始衰老，那情形就像是人間的玩具，也必然會殘舊一樣。

在人間，廢物堆中，常可以見缺手斷腳少了頭的人形玩具，陶格的一家，是不是也已到了這種境地之中了？

剎那之間，湧上我心頭的疑問之多，幾乎無法一一列舉，而我相信，陶格夫婦急於來見我，一定和他們這種特別處境有關？

我一面想，一面又上上下下，沒有目的地走着，眉心打結，神情憂鬱，胡說和溫寶裕看到這樣的情形，也不敢對我說話。

大約過了十來分鐘，我的視線又盯住了那份圖文傳真來的信息，用手拍了一下紙張：「很奇怪，他們的簽名，仍然書法優美，一點不老。」

胡說應了一句：「就算是一個十分衰老的人，要簽出一個漂亮的名字來，也不會太困難的。」

我陡然之間，感到了十分疲倦，向他們揮了揮手：「你們走吧。」

胡說欲語又止，溫寶裕比較真率，他來到了我的身前，逕直地問：「你在害怕。」

我陡然抬起頭來，無法知道我是不是流露出驚恐的神情，但是我知道，自己頰邊的肌肉，有着輕微的顫動，而且竟無法由意志來控制。

在這種情形下，自然不必否認，所以我用手在臉上重重撫摸了幾下，緩緩點了點頭。

見我那麼坦然承認了害怕，胡說和溫寶裕不禁神色駭然——他們自然知道我絕不是輕易會感到害怕的人。

在驚駭之中，他們也不免有疑惑之色。

我知道他們在想什麼，嘆了一聲：「你們未曾到過……所有生命絕滅，剩餘的都被機械控制的未來世界，單憑想像，難以體會這種恐怖。」

（《圈套》並非《玩具》這個故事的另一半，但是卻和《玩具》這個故事，有許多聯繫。不知道《玩具》，一樣可以明白《圈套》說的是什麼。但如果知道《玩具》，看《圈套》會更可喜，有老朋友久別重逢的樂趣。）

胡說和溫寶裕都表示可以理解我的話，溫寶裕提出了我剛才想到過的問題之一，他道：「現在陶格一家人都老了，是不是表示機械人也不再控制他們了？」

我嘆了一聲，先是自然而然地道：「如果是那樣，那倒好了——」

可是我的話才一出口，我感到十分之不對頭，非常的不自在。

我向胡、溫兩人看去，他們也用一種十分古怪的眼光，望定了我。

有極短的時間，我思緒又紊亂了起來——剛才說的話不對，可是不對在什麼地方呢？

陶格的一家，如果能擺脱控制，自然應説是一件幸事。可是比較一下他們的情形，就知道不對。

在受控制的情形之下，他們青春不老，男的英俊挺拔，女的美麗動人。兩個孩子天真活潑，人見人愛。作為不會老也不會死的人，他們可以説擁有生命所能享受到的一切，唯一所不能享有的，就是自由。

而如果控制的力量消失，他們迅速地進入了風燭殘年，死亡近在眉睫，生命就要消失。當然，他們會有自由，但是對死人來説，自由又有什麼意義呢？

我神色陰晴不定，雜亂地在想着，胡説和溫寶裕和我一起相處久了，他們明白我的思想方法。所以就在這時，他們石破天驚地叫了出來：「不自由，毋寧死。」

我已恰好想到了這六個字，深深地吸了一口氣。溫寶裕又道：「人人都在不斷衰老，他們就算立刻衰老至死，也比別人活得長久得多了。」

我嘆了一聲：「可是他們的一生都是玩具，都在機械人的控制之下。」

胡說同意溫寶裕：「最後有了解脱，總是好事。」

我不想再在這個問題上多說什麼，因為問題牽涉極廣，許多有關人生意義，生命目的，生活方式，人追求的是什麼，種種問題，卻牽涉在內，即使只是三個人，如要各抒己見，也可以說上幾天幾夜了。

我又揮了揮手：「既然找不到他們，只好等他們再來找我——如果他們認為有需要的話，你們走吧，我不會離開，等他們。」

胡說和溫寶裕互望了一眼，在那一剎間，我感到他們兩人之間，稍有意見分歧，可是一交換了眼色，兩人就意見一致了，他們向門走去，門打開，暴風雨已成尾聲，空氣出奇地清朗，我在門上站了一會，看着他們離去，才轉身關上門。

這時，老蔡才揉着眼走出來，含糊不清地問：「好大的風雨？咦，有些人來過？」

老蔡年紀已過古稀，耳聾眼花，所有老年人的現象，在他身上都可以找得到。我看着他，忽然想到，四個老人，衰老程度如此之甚，應該走到哪兒，都惹人注目。雖然他們沒有留下什麼線索，但要把他們找出來，也不是什麼難事。

尤其，宵來一夜風雨，海空的交通完全斷絕，他們不可能走得太遠。想到了這一點，我明白胡說和溫寶裕兩人臨走時交換眼色的目的了——他們自然是去追尋陶格一家的下落了。看來不用我親自出馬，他們會有成績。

我隨口敷衍了老蔡幾句，就到了書房中，半躺在一張安樂椅上，設想着白素到了苗疆之後的情形，心中着實盼望白素能明白我的意思，別去強迫紅綾做太多她不喜歡做的事，不然，母女二人之間，可能會起大衝突，紅綾會寧願跟着猴子，去過自由自在、無拘無束的生活。

我從這一點想開去，恍惚之間，想到了一些事，但是又難以捕捉到一種確實的觀點。

我想到的是，紅綾由於在那麼獨特的環境中長大，人世間一切的觀念和概念，對她的影響，微弱到了接近零。人的性格各有不同，且由遺傳密碼決定，但是環境對人的影響也不可忽視。一個思想、觀念成熟的人，他的思想方法、觀念，必然受環境的影響。

在某些環境中成長的人，會認為個人微不足道，人人必須為一個組織效忠，甚至聽到了「交心」這樣的字眼，也覺得理所當然——最近，原振俠醫生就告訴我他的一次經歷之中，就遇上了一個成了「烈士」、死了變成仍然對組織忠心的鬼魂。

在另一些環境中長大的人，自然會致力於科學知識的探索，為個人的前途而奮鬥，十分勤奮地工作，孜孜不倦地吸收知識。

自然，各種環境，會形成各種不同的思想意識，而紅綾成長的環境，如此異特，可以說是在世上獨一無二的了，她所經歷的，甚至不是人類的環境；那麼，她自然能擺脫人類社會的一切羈絆和影響，自有她自己的一套原始的、可能更接近人性的觀念，和在任何環境中成長的人類觀念，大不相同。

現代人，不論是在什麼樣的環境中成長，總有一個「人生目標」，向着這個「人生目標」努力前進，達到的，被視為成功，達不到，被視為失敗，目標有大有小，有高有低，但人人都有一個。

至於為了達到這個目標，要付出多少代價，犧牲多少快樂，就算計較了，也被認為那是必須的付出，前仆後繼，沒有人後悔。

紅綾有什麼目標沒有？看來不會有，她需要的，只是生活的最低需要和快樂。要她變成知書識禮，文明得懂得用電腦，那全是白素替她訂下來的目標，不是出於她的本意。

想了雜七雜八的一大堆，我最後想到的是：紅綾有可能抗拒他人代訂下的目標，可是其他種種環境中的幼年人，有能力抗拒嗎？

這又使我想起當我從未來世界「歷險」回來之後，白素曾感慨地說，沒有一個人真正自由，每一個人都是另外一些人的「玩具」。

我霍然站起，失聲叫：「有一個人可以例外，紅綾可以例外。她可以完全不受任何人的影響，做母親的要她怎樣怎樣，她可以不聽從。」

我叫出了心中所想的，隱隱感到，白素愈是想紅綾「文明化」，危機就愈甚，我應該立刻也到苗疆去，當着紅綾的面，説説清楚。紅綾既然有那場特異的遭遇，她就可以有不做他人「玩具」的幸運。

我團團打了幾個轉，正準備離開書房，電話鈴聲響了起來，按下掣鈕，聽到了溫寶裕的聲音：「有一輛客貨兩用車，於風雨中，在海邊的公路失事，我正趕去看。」

當我雜七亂八想到那些事的時候，我感到震撼，更隱隱感到，有一個巨大的陰影，正籠罩在所有現代文明人的身上，而不為人所知，似乎除了紅綾這樣的野人之外，沒有人可以逃得開去。這種巨大的陰影，是如何形成的？是和人類文明逐步進步而慢慢形成，還是一下子就形成的？

我其實還不是很捉得住問題的中心，只是雜亂地想着，我只想到，要快點到苗疆去，不然，白素會把紅綾也推進那個陰影之中去。

所以，一時之間，我把那四個老人（陶格一家）的事，擱在一邊，直到溫寶裕的電話中提到了「客貨兩用車」，我才陡然一怔：「證實了就是那一輛？」

溫寶裕道：「還沒有，我正趕着去看。」

我有點惱怒：「每天都有這種車子失事，你去看了再說，別動不動就來煩我。」

溫寶裕沉默了片刻，才道：「是不是有什麼特別的事，使你覺得困擾？」

溫寶裕有如此敏銳的感覺，可知他確然與眾不同，我以一下嘆息，作為回答。

雖然只是一下嘆息，但是也表達了我複雜之極的心情，也確然證明真的有嚴重的精神困擾。

溫寶裕有一會沒出聲，我以為他已離開了，正待放下電話時，卻又聽到了他充滿焦慮和關切的聲音。他道：「我不知道什麼事，可是我……似乎自我認識你以來，你從來也沒有這樣……沮喪過。」

我又嘆了一聲：「不是沮喪，是……唉，我也說不出是怎麼一回事，只覺得……極想抓住點什麼，可是伸出手去，用的力道再大，看得再準，抓到的，只是一團空氣，空有一身力，卻發不出來。」

溫寶裕的年紀還輕，而且，在這種情形下，在電話中，也不是很適宜於傾訴心事，可是我由於心中實在感到不好受，所以就自然而然，把心中的感覺，向溫寶裕說了出來。

溫寶裕又沉默了片刻：「有任何要我幫助的，我一定全力以赴。」

我苦笑了一下：「連發生了什麼事，我都不知道。」

溫寶裕又活潑了起來：「如果沒有什麼重要的事，我提議你到苗疆去看望紅綾，或者，把她帶到城市來——女泰山大鬧大都市，哈哈，我可以——」

他話還沒有說完，我只覺得聽了他的話之後，愈來愈是煩躁，他還有興致打哈哈，我已覺得氣往上衝，不等他說完，就大喝一聲：「住口。」

我真是感到了少有的煩躁，一喝之後，用力放下了電話，還重重在桌上，敲了一拳，令得桌面上的一些東西，都彈跳了起來。

這是一種很奇怪的情形——這時，如果有人問我，為什麼生那麼大的氣，我一點也答不上來。事實上，我立即用這個問題問自己，也沒有答案。

一定要答的話，那就是剛才我對溫寶裕說的那番話：明知有些事正發生，想阻止，可是空有此心，空有一身力，卻不知出在何處才好。

這是一股令人不安、焦躁、無所適從的情緒，以我的意志力，竟然也無法克服這種情緒，那就更令我覺得不安。

我手放在電話上，足有兩三分鐘，沒有收回來，等着溫寶裕再打電話來。

可是電話鈴聲卻一直沒有響起。

在相當日子之後，我問溫寶裕：「那次，我大喝一聲，放下電話，以你的性格而論，必然不服氣，會立刻再打電話來，為什麼忽然性格改變了，竟然沒有立刻再打電話來和我爭辯？」

溫寶裕先是長嘆一聲，又大大地扮了一個鬼臉，才道：「做人真難啊，我聽出你有極大的煩惱，想安慰你幾句，想來你才找回女兒，提起她，應該最能令你心情愉快了，誰知道馬屁拍在馬腳上，才說不了幾句，就給你大喝一聲，嚇得我膽戰心驚，當時也想不出你為什麼會發那麼大的脾氣，我是聰明人，自然知道在這樣的情形下，最好是悶聲大發財。」

溫寶裕的這一番解釋，十分合理。事實上，非但他不知道，我自己也不知道何以會發那麼大的脾氣——自然，所謂「沒來由的焦躁」的說法，不能成立。情緒上的焦躁，必有來由，只不過由於未知來由為何。

感覺敏銳的人，會有「第六感」，有時強烈，有時微弱，那是一種實用科學還無法解釋的「超感覺」。我自然屬於有超感覺的人，可是卻也從來沒有如此強烈過，強烈到了令我產生了為此不安的情緒。

後來，自然證明了我的超感覺有這樣強烈反應，大有來由，絕非事出無因。

當時，等了幾分鐘之後，我走開幾步，拿起一瓶酒來，就着瓶口，喝了一大口酒，皺着眉，心想，溫寶裕的提議，不是沒有理由，在他電話之前，我不是正想到苗疆去嗎？而且，還感到，我愈早到苗疆去，就可以更早制止一些事發生。

但這時，我又猶豫起來，陶格的一家究竟怎麼了？他們是不是還會來找我。就此棄他們於不顧，說不過去，因為他們一定有重要的事要我幫助。

就算我不刻意詳細描述那時的心情，各位自然也可以了解我思緒，實在是紊亂之極，我可以不十分地肯定事情和紅綾有關，但究竟有關到什麼程度，為什麼會有關，我還是說不上來。

（我一再反複地敘述我思緒的紊亂，在當時，確然一片惘然，直到後來，到我自己也恍然了，各位自然也會「真相大白」的。）

我再喝了一大口酒，決定我要等候陶格的消息，但是以四十八小時為限。過了四十八小時，再沒有他們的消息，我就起程到苗疆去。有了決定之後，心情略見輕鬆，我坐了下來，勉力使自己鎮定，就在這時，電話鈴聲又響起，這次，是胡說打來的，他第一句話是：「溫寶裕和我在一起，他才捱了你的罵，不敢再打電話給你。」

我的回答有氣無力：「有什麼新的發現？」

胡說先吸了一口氣：「失事的那輛客貨車，衝出了公路，跌進海中，車上原來有多少人不知道，只有一個人獲救，是一個老人，極老的老人，送到了醫院，我們正趕到醫院去，你——」

他不敢問我是不是要到醫院去。我忙道：「在哪一家醫院？」

電話中傳來溫寶裕的高叫聲：「就是原振俠服務的那一家，我曾和他聯絡，但找不到他。」

我疾聲道：「我立刻來，醫院見。」

放下電話，我立刻驅車到醫院去，沿路上，許多工人正在整理夜來被狂風暴雨摧毀的一切，交通並不是十分暢順，我盡我力量，用最快的時間趕到醫院——最後一段路，我棄車跑步，越過了好幾棵橫亙在路上的大樹。

我一到醫院的門口，就看到溫寶裕在門口團團亂轉，綦綦跳，揮着手，見到了我，發出了一下含糊的叫聲，轉身向醫院就奔，我跟在他的後面，進了醫院的建築物，一個人迎面而來，正是警方的高級人員黃堂。

我和黃堂一起經過許多奇幻莫測的事，所以十分熟悉，他一見我，就道：「那老人——」

他可能想問我那老人究竟是什麼來歷，可是溫寶裕卻立時搶着問：「那老人是死是活？」

黃堂有點惱怒：「我不是醫生——」

溫寶裕也不再理他，一揮手，急急向前奔了過去，進了電梯，黃堂在電梯門合上的一剎間，擠了進來。電梯門打開，溫寶裕大叫一聲：「快。」

黃堂在我身邊，一起向前奔，溫寶裕道：「老人叫你的名字，一定有極重要的事告訴你。」

黃堂終於問了出來：「這老人是什麼人？」

溫寶裕大叫了一聲：「玩具。」

黃堂向我望來，神情疑惑，在這樣的情形之下，我自然無法詳細解釋，只好點了點頭。

黃堂還想問，可是不等他開口，我們已到了一間病房的門口，胡說正在和兩個警員爭執，看來，他才被警員從病房中推出來。

胡說是極沉得住氣的人，可是這時，他也臉紅脖子粗，正在大聲道：「老人快死了，他有重要的話要説，你們什麼也不懂。」

警員則叱責着：「快走開。」

我看了這種情形，知道吵也沒有用，就一拉黃堂，把他一推，推到了那兩個警員面前，在那兩個警員向黃堂行禮時，我、胡說和溫寶裕三人，已經一湧而入。

病房中，有醫護人員在，一個醫生對我們怒目以視，我先去看儀器，看到病人還有心跳，這才疾趨牀前。

牀上是一個極老的老人，任何人都看得出，生命正在迅速離開他衰老的身軀。

他本來閉着眼睛，溫寶裕進來就叫：「衛斯理來了。」

溫寶裕一叫，醫護人員都現出訝異的神情，看來我名頭響亮。那垂死的老人，也睜開眼睛。

我已來到牀前，看到老人睜開眼來，眼中一片灰黃，真懷疑他是不是可以看到什麼。

在那張皺紋重疊的臉上，我實在找不出絲毫熟悉的影子，我先向胡說和溫寶裕望了一眼。他們兩人都點頭，表示牀上的這個老人，他們是見過的。

這時，我又接觸到了黃堂十分疑惑的目光——其實，我一見到了他，就一直十分疑惑：交通意外之中獲救，有警方人員在，現在，又何勞他這樣高級，又專門處理「疑難雜症」的人在場呢？

那時，我自然無法詳細向黃堂問，因為那老人看來，隨時可以斷氣，當真是分秒必爭，一秒鐘也耽擱不得。連有些話，我要問胡溫二人的，例如那老人是進過屋子的，還是在車上等的，我也沒時間問。

我在病牀前，身子向前略俯，保持着使老者可以容易看到我的距離，盡量使我的聲音鎮定，沉聲道：「我是衛斯理，衛斯理。」

我重複着自己的名字，吸引着老人的注意。果然，老人有了反應。

先是在儀器的熒光屏上，看到移動的曲線，速度在加快。在旁的一個醫生，年紀相當輕，他一直皺着眉，顯示他並不歡迎有閒雜人等，來騷擾他的病人。這時，他現出很驚訝的神情，同時又搖了搖頭。

我也知道，一個垂危的老人，心跳率突然加強，那並不值得恭喜，這種情形，有一個專門名詞：「迴光反照」，這只說明他加速在迎接死亡。

如果是一個有秘密要告訴他人的垂危者來說，有這種現象，卻又很有用，因為在短暫的迴光反照期間，垂危者就算原來是昏迷的，也會有短暫時間的清醒，把他心中的秘密說出來——這種生命處於生死邊緣時所產生的奇異現象，或許就是冥冥中的安排。

由於那老人實在老得可怕，所以我會產生許多聯想，那是其中之一。別的也不必詳述，總之所有的聯想，都和生命，以及生命的安排者，冥冥之中的那股神奇力量有關連。

老人的眼珠，也開始轉動，他的視線焦點，看來無法集中，我忙略微搖擺一下自己的身子，可以使他比較容易發現我的存在——弄蛇人不住搖擺身子的作用，就是使視力不佳的蛇看到他。

老人的眼珠總算有了固定的目標，他的手發着抖，向上伸來。看起來，他像是想來摸我的臉，但是人人都看出，他實在無法達到這個目的，我在他努力了二十秒之後，伸出手去，讓他握着。

他握住了我的手，我無法在他的手上，感到任何生命的力量。

他先是在喉際，發出了一陣咕咕的聲音，接着，說了一句話，雖然聲音十分虛弱，可是由於病房中人人屏住了氣息，十分寂靜，倒也人人可聞。

他說的那句話，也使在場的所有人，都感到極度的意外，他說的是：「衛斯理，你……也老了。」

這句話，本來十分普通，多年不見的朋友，在又見面時，都會有這樣的感嘆。可是此情此景，卻再也想不到他會那樣說。

我不知道如何回答才好，最普通的回答，自然是「是啊，大家都老了。」歲月催人，過一年，人人都老一歲，絕無例外，可是我又沒有他老得那麼厲害（我假定他是陶格先生），所以，不但無法接腔，臉上的神情，也不免大是古怪。

老人像是看出了我神情的猶豫，他又道：「你不認得我了。」

我忙道：「不，我……認得……你是……」

我實在是不認得，可是為了避免刺激他，卻又不能直說，然後我又真說不出他是誰來，所以也就更尷尬。

還好，這時他自己先開了口：「怕你不認得我，我帶了一塊冰來……當年在冰原上……衛斯理……你躺在睡袋中，我和妹妹走近你，你還以為我們會殺害你。」

這一段話比較長，老人說來，十分吃力，但總算掙扎着講完了。

由於我和胡溫二人，已經進行過討論分析，所以對於這時，老人表示了自己的身分，不是很詫異，我盡量使自己的聲音平靜，拍着他的手背：「當然，你是伊凡，伊凡，你……也老了。」

那老人不是陶格先生，正如我所料，他是陶格先生的兒子伊凡。我見他的時候，他是一個可愛俊美之極的男孩子，如今躺在牀上的老人，絕沒有半絲半毫當年活潑可愛的伊凡影子，雖然兩者之間的組成細胞，現在的是那些，過去的也是那些。

老人一聽得我那麼說，居然點了點頭，臉上的皺紋，一陣波動。

他又想掙扎着說話，我不等他開口，就用十分堅決的語氣道：「伊凡，你父母曾向我發出信息，說要來見我，究竟是為了什麼事？」

在講完了之後，看到老人沒有什麼反應，我就又重複了一句：「你們找我，為了什麼？」

第二次發出了問題之後，老人忽然激動起來，另一隻手也揚了起來，我忙又伸出另一隻手去，讓他握着。他道：「他們……他們……他們……」

他連說了三聲「他們」，卻沒有下文，而且，聲音愈來愈是怪異——並不是愈來愈低，或是恐懼，或是發顫，只是聽來更空洞，不像是從人的口腔之中直接發出來。

我看到，溫寶裕在一旁，急得漲紅了臉，我立時用眼色示意他千萬不要催促。

老人的喉間，又發出了一陣咯咯聲，那年輕的醫生，用雙手去按摩老人的胸口，老人才能繼續：「他們……臨滅亡之前……佈下了……許多圈套，一個大圈套……大圈套……許多小圈套……」

老人的話，病房中人人可聞，但是我相信連我在內，沒有人明白是什麼意思。

老人又道——我們都不懂老人的話，但是都知道他的話，一定十分重要，所以都凝神聽着，老人說的是：「他們知道過去未來，知道他們有輝煌的時代，他們……要他們的時代……來臨……所以……佈下了那個……大圈套……大圈套……又佈下了許多……小圈套，叫人人都……」

他說到這裏，好像還有一句話，可是給他喉際的「咯咯」聲蓋了過去，全然聽不清楚。

老人的話，疑問重重，我們都在等着他作進一步的說明，可是接下來的一分鐘，他只是喘氣和發出「咯咯」聲，這一分鐘，對老人的生命來說，珍貴之極，居然就在等待中浪費了，事後，我們都十分後悔。

當時，我只是感到，我們不能等下去了，有許多問題要問，最先應該問的，自然是「他們」究竟是誰。可是我對這個問題，已略有概念，所以一看到溫寶裕想問，就立刻阻止了他——我假定他要問的，就是這個問題。

我疾聲問的是一個更直接的問題：「什麼大圈套？什麼小圈套？」

老人的雙眼盡量睜大，可是他的目光仍然混濁，但是倒也可以感到他那焦切的眼神，他道：「大……小圈套……你知道……別人不知道，你知道。」

我發急，提高了聲音：「不，我不知道，你告訴我。」

老人又發出「格格」聲，混濁的目光，竟也開始散亂。我反握他的雙手，輕輕搖着，又連聲問：「什麼圈套？什麼圈套？」

老人斷斷續續，含糊不清：「全……人類……都不能免……大圈套……小圈套……一個套一個……全人類……」

溫寶裕看着情形不對，從一旁的一隻盤子中，拿起一支注射器來，向那醫生示意。我明白溫寶裕的意思是要醫生替老人打強心針。

這是一個很好的提議，可以使老人有機會透露更多秘密。可是那醫生卻一伸手，搶下了注射器來，神態極不友善，狠狠地瞪了溫寶裕一眼，同時，現出了十分不屑的神色。我吸了一口氣，騰出一隻手來，按向老人的頭頂。

我的想法是，醫生不肯注射強心針，我唯有用「土辦法」，發力去刺激老人頭頂的「百會穴」，那也可以起注射強心針的作用。

可是我手才伸出去，那醫生就冷冷地道：「別亂來。雖然他快死了，但如果由於你的行動而導致他的死亡，一樣是謀殺罪。」

我聽了之後，心中陡然一凜——那醫生竟然知道我伸手的目的。

當時的情形是：我的心中已經充滿了疑問，而那醫生，又使我更加了一重疑問。我並沒有多去想新的疑問，只是向那年輕醫生望了一眼。

那醫生並不迴避我的目光，而且，很有迎戰和挑戰的意味。

我只有時間向他看一眼，看了一眼之後，迅速地轉着念——先肯定我以前未曾見過他，再把他給我的印象加強，然後，我又集中精神去應付那老人。

這時，黃堂提了出來：「醫生有什麼法子，可以使老人臨死之前有短暫的清醒。」

那醫生竟然冰冷地回答：「生命是由上天主宰的，我沒有權利去改變。」

如果他不是醫生，說出這樣的話來，可能會叫人覺得他大有哲理。但是他是醫生，醫生的責任就是要盡一切可能改變生命中的生老病死，所以他這樣說，給人的唯一印象，只是「混帳」。

溫寶裕首先忍不住，一揚頭，我知道他這時如果開口，說出來的話，必然不會娓娓動聽，所以大聲咳嗽了一下以阻止。連胡說也沉下臉，發出了一下悶哼聲。

也就在這時，老人死了。

第三部

疑義相與析

老人的死亡，本來是意料中的事，可是當死亡終於降臨之時，也仍然使人愕然。

先是突然靜了下來——自老人喉際所發出的古怪的聲音消失。接着，他的雙手，已再也沒有任何力量可以和地心吸力作抗衡，所以垂了下來，落到了牀上。

再然後，大家都覺得特別靜的另一原因，是幾副儀器中，沒有了任何聲響。

老人的眼仍然睜着，我第一個伸手，想去撫下他的眼皮來，那醫生和我幾乎同時出手，所以一剎那間，我和他的手，伸向老人臉部，相距極近。

就在那一剎間，我忽然起了一個念頭，那是一種衝動。源於剛才，我想伸手去按老人的「百會穴」，卻被那醫生一下叫破。

這證明這個醫生對於中國的傳統武學有很深刻的認識，那可以說是一個奇特的現象，用現代的教育制度訓練出一個醫生來，先要經過小學、中學的階段，再要經過大學階段，至少要佔據人生十五年的時間（是不是真需要那麼多時間，那算不算是一種對生命的浪費，那是太嚴肅的討論題目），而要在中國武學上有造詣，也要花同樣的時間，絕難同時進行。

但當然也不是不可能——可以做得到這一點的人，必然有異常人，十分了不起。

那醫生的年紀很輕，看來從大學出來不多久，他五官端正，可是樣子普通，和原振俠醫生那種異乎尋常的俊美，當然不可同日而語。可是在他青春煥發的臉上，有着一股充滿了自信，不怕接受任何挑戰的神情，那並不是咄咄逼人的挑戰（有那種神情的青年，十分可怕，就像是鬥雞一樣，層次甚低），而這個青年醫生，他的神情，是十分肯定地在表示：他有信心接受任何挑戰，不論是什麼難題，是什麼困境，他都可以應付。我們才一進來時，雖然注意力一直集中在牀上的老人身上，但也看了他幾眼，很直接地，就可以感到這一點。而且，當時我心中就動了一動：曾在什麼人的臉上，看到過同樣的神情呢？想不起來了，只是一種似曾相識的感覺。

這個醫生，對我們闖進來的行為，看來頗不以為然，所以他十分冷淡，也不出聲，後來，他對溫寶裕的話，對我的話，也不能稱為友善。我之所以比較詳細地記述那青年醫生，原因是當時我的一種衝動，正是由於他這種神情所引起的。我的手和他的手，同時伸出，想去撫下已死的伊凡的眼皮，我並沒有改變我的動作，只是小指在那一剎間，忽然彈出，彈向他的掌緣。

人的手掌緣上有三個小穴道，不論彈中了哪一個，都可以使被彈中的人，手臂一直發麻，發不出力來，那麼，對這個看來十分冷傲的青年，多少也是他剛才出言沒有禮貌的代價。

我出手極快，而且可以說是偷襲，因為事先，一點迹象也沒有——連我自己，也是伸出了手去之後才起意的。

可是，我這裏尾指才一彈出，他手輕輕一翻，大拇指翹了起來，迎向我的尾指。

這一下變化，着實令我吃了一驚。

非但是他的應變如此之快，而且，他應變的方法，是如此之巧妙。

他用大拇指來對付我的小指，就算他功力不如我深厚，但由於人體結構的必然結果，他佔上風的機會自然也高得多。

我自然不會和他硬碰，一下子就縮回手來，向下略沉，撫下了伊凡的眼皮。青年醫生也縮回了拇指，和我同時，也撫下了伊凡的眼皮，然後，兩人同時縮手。

我敢肯定，剛才那一下「過招」，由於屬於高深的中國武術，旁人決難覺察，所以我不必顧及他人的反應，逕自向我的對手看去。

一看之下，只見那醫生像是什麼事也沒有發生過，只是目光和我接觸了一下。

我疾聲問：「醫生貴姓？」

那醫生一面在處理病人死亡之後醫生所應該做的事，只是用手中的筆，向他扣在白袍上的名字牌，指了一指，似乎怪我多此一問。

我多少有點狼狽，但確然是由於剛才吃了一驚，才有此一問的，也無話可說，我向那塊名字牌看去，上面寫的是「鐵天音」三個字。

這是一個很傳奇化的名字，類似武俠小說內的人物，當時，我看着他吩咐了護士幾句，護士拉過牀單，蓋住了伊凡的臉，他向外走去，推開了病房的門之後，才道：「人死了，你們也可以離開了。」各人都悶哼了一聲，我皺着眉，只覺得這青年醫生鐵天音，一定不是普通人。可是在如今這樣的情形下，我也無法作進一步的探究，我只是對着他的背影叫了一聲：「好俊的身手。」

鐵天音並沒有轉身，只是高舉了一下右手，情形如運動員出場時向周圍的人致意。

溫寶裕和胡說看出了我對這醫生加以特別的注意，他們同時用眼色向我詢問，我只是緩緩地搖了搖頭，指着牀上，已被牀單覆蓋了的伊凡，問：「這……他……臨死之前說的話，有誰明白？」

黃堂不懷好意地望着我：「他說你明白。」

我沒好氣：「我不明白——我甚至不明白，交通失事何以會有你這個專處理疑難雜症的高級警官在場。」

給我一問，黃堂現出極度疑惑的神情。受了他的感染，我也立刻覺得要問的問題，不知多少——伊凡在這裏死了，他的家人呢？陶格夫婦到哪裏去了？唐娜又到哪裏去了？車子是怎麼失事的？

這時，一定是由於每一個人的心頭之中，都充滿了疑問，所以反倒沒有人出聲。等到溫寶裕想開口說話時，卻又被黃堂搶先了一步。

那時，又有醫護人員走進病房來，黃堂道：「別妨礙醫院工作，我們找一個地方去談話。」

胡說道：「可能還會有失事的生還者送到醫院來，我們不可離開。」

黃堂立時望向胡說，神情訝異，立時問：「還有什麼是我不知道的？」

我大聲應道：「沒有什麼是我們知道的，到現在為止，我只知道死在牀上的老者，名字是伊凡。幾年前我見到他的時候，還是一個一頭金髮，極度可愛的小男孩。」

我這兩句話一出口，黃堂也不禁「啊」地一聲，他至少立刻明白了伊凡是什麼人，所以，他也自然而然，向溫寶裕望了一眼。

因為我們一見到他的時候，他就問老人是什麼人，溫寶裕的回答是：「玩具。」

當時，他不明白，但現在，他自然明白了「玩具」是什麼意思。

一時之間，他眨着眼，神情更是怪異。

就在這時候，那個叫鐵天音的青年醫生，又走了過來。這一次，他卻相當友善——可又絕不是前倨後恭，這青年的一切行為，都表示他有充分的自信，這種印象，在日後的交往中，也愈來愈深刻。

他走了過來，道：「你們要找地方休息，可以到原振俠醫生的辦公室去——他常常不在，所以也經常由我佔用他的辦公室。」

他說着，已把一柄鑰匙交給了胡說，看來他和胡說由於天生性格較近，所以也比較親切。我忙道：「謝謝，如果還有傷者送來，也是那麼老的，請立刻通知。」

鐵天音揚了揚眉，忽然笑了起來：「原來真是有那麼多古怪的事，真有的。」

我嘆了一聲：「只怕事情太古怪了，歡迎你參加。」

鐵天音笑了起來，笑得十分爽朗：「一家醫院之中，有一個古怪的醫生已經足夠了。」

他說的，自然是說原振俠醫生已經夠古怪了，他不必再參加了。

他走進病房，溫寶裕領着我們，走向原醫生辦公室——他和原振俠混得很熟，來過不止一次，進了辦公室之後，還公然翻箱倒櫃，找出了三瓶酒來。

原振俠有一個時期，情緒極度低落，徘徊在精神崩潰的邊緣，日夜都在醉鄉中，這三瓶酒，自然是那時的剩餘物資了。

我提醒溫寶裕：「別太過分，這裏，現在是鐵醫生的辦公室。」

溫寶裕卻自有他的一套，不理會我的提醒：「怕什麼，原醫生肯把自己的辦公室給他用，可知他必然也是同道中人。」

胡說吐了吐舌頭：「說得好可怕，倒像是梁山泊好漢聚義一樣。」

黃堂的神情很不耐煩，各人之中，竟是他先伸手抓過了一瓶酒來，向口中倒了一大口，把警務人員在工作時間不准喝酒的守則，拋在腦後。他道：「先說我為什麼會在這裏，你們會有興趣聽。」

各人望向他，他又喝了一口酒：「先是警方接到了四個報告，說是在風雨之中，有一輛客貨車在九號公路上行駛，速度極高——」

他才說到這裏，我就忍不住道：「現在和警方合作的好市民愈來愈多了，這也值得向警方報告？」

黃堂冷冷地望了我一眼，不急不徐地道：「三次報告，內容都一樣，這輛在風雨中疾駛的客貨車，沒有司機。」

一下子，各人本來有動作的，也都凝止。

客貨車沒有司機！

這客貨車，自然應該就是接走了唐娜和伊凡的那架，當時，溫胡二人都沒有看到駕車的是什麼人，如果一直就沒有司機的話，那麼，他們當然看不見。

黃堂吸了一口氣，只是向我瞪了一眼，沒有進一步責怪我剛才太早發出的諷刺。

本來，就算接到了這樣的報告，事情一時之間，也傳不到黃堂這裏，可是湊巧那天大風雨，黃堂留在警局，沒有離開，當值日警官接連收到三宗報告，說看到「無人駕駛的客貨車在九號公路疾駛」，正在不知如何是好，看到黃堂走過，立時把報告交給了他。

黃堂的第一個反應是：「豈有此理。」

正在這時候，第四個報告又來了，黃堂親自接聽，聽到了一個氣急敗壞的男人聲音：「我目擊一輛客貨車，以時速約一百公里在行駛，才經過九號公路的交匯點，這輛車……沒有司機，沒有人在駕駛位上。」

黃堂急道：「請你說詳細些。」

那男人怒：「還不夠詳細嗎？我正在調頭追這輛車，快派人來，我是施組長。」

黃堂這時，也聽出了這個報案人，是一個同僚，同樣是高級警官。

黃堂知道施組長精明能幹，行事踏實，斷然不會胡說八道，所以他一方面自報姓名，一方面道：「我立刻趕來，施組長，小心。」

當時，他又說不上來為什麼要特別叮嚀一句，多半是為了事情十分怪異——風雨之中，無人駕駛的車子在疾駛，這可以是任何怪異事情。

黃堂立刻駕車到九號公路，在車上，他調動了一小隊警員，也和施組長繼續聯絡。

施組長本來是和那輛車子對面交錯而過的，他一眼瞥見那客貨車的駕駛位上根本沒有司機，第一眼，他以為自己是眼花了。

（在我們進了原振俠的辦公室不久之後，黃堂把施組長也請了來。所以，我們聽到的，是施組長的第一手敘述，而不是黃堂的複述，自然更加精確。）

他是一個有十分敏銳觀察力的警務人員，雖然事情難以令人相信，但也肯定其中必然大有蹊蹺。所以他一面報案，一面運用高超的駕駛技術，立刻在公路上作一百八十度的轉彎，去追那輛客貨車。

在這時候，他知道自己的報告已引起了黃堂的注意，黃堂專負責特種事務，這令他感到安心。

他開始在公路上追那輛客貨車時，風勢和雨勢雖然已過了全盛時期，但依然有風有雨，一邊山崖上，雨水如瀑布一樣沖下來，橫過公路，又向公路另一邊的山崖瀉下去，有時，公路上積水相當深，車子駛過，濺起老高的水花來，相當驚險。

施組長在才一調頭追上去時，兩車間的距離約為三百公尺，他估計無人駕駛的車的時速達到一百公里，所以他用更高的速度追上去。

兩車的距離漸漸接近，到了追到只有一百公尺之際，前面的客貨車，陡然加快速度，像是知道了有人追蹤，想要擺脫。

當施組長叙述到這裏的時候，我們曾有過一場討論。那時，那位鐵天音醫生也來了，他不是很出聲，可是聽得很用心。

小小的一間辦公室中，可算是人才濟濟，若是原振俠醫生忽然出現，那才更是熱鬧。

溫寶裕最先說：「車子沒有司機，無人駕駛，怎麼會知道有人跟蹤？」

胡說道：「車廂中有四個老人，客貨車用高速行駛，十分危險。」

我的意見是：「車子一定有人駕駛，只不過我們不知道駕駛者的情形。」

黃堂和施組長神情怪異莫名，低聲互問：「隱形人？」接着又道：「太刺激了。」

我繼續：「可能是隱形人，可能是遙遠控制，可能駕駛者的體型十分小，可能車子經過改裝，可以由車廂中控制駕駛……還有許多可能，施警官的經歷，證明有人……有力量在控制着那輛車子。」

各人對我的這個結論，都沒有異議，於是施組長繼續說下去。

施組長見對方加快了速度，心中又是驚駭，又是惱怒，他並不知道車廂中有人，只是知道，客貨車以這樣的高速行駛，十分危險。

他也再加快速度追上去，一面不斷和黃堂聯絡，把情形告訴他，希望他加快趕來。

施組長的車子，在十分驚險的情形下，追上了客貨車，那時，客貨車只怕無法再提高速度了，明知沒有人在駕駛，在快追上的時候，施組長還是狂響車號。幸好在一長段的追逐之中，公路上別無他車，不然非出意外不可。

客貨車自然沒有減慢速度的意思，施組長追得很艱難，簡直是一公分一公分地逼近對方。終於，他自客貨車的側邊，超越了客貨車。

正由於那時兩輛車子都高速行駛，所以，施組長在客貨車的旁邊，和客貨車一起前駛，足有三分鐘之久，在這段時間之中，他有充分的機會，可以看到客貨車駕駛室中的情形。

施組長說得肯定之至：「沒有人。在駕駛位置上，絕沒有人。」

他在這樣說的時候，猶有餘悸，聲音也變了，面色發白，拿起酒瓶來大口喝酒。可知當時在看清這種情形時，他感到了震撼。

一輛車子，看不到司機，卻在公路疾駛，論恐怖程度，自然比不上忽然有一隊宇宙飛船載來了許多奇形怪狀的外星人。但是更多的情形下，簡單的怪異，會比聲勢浩大的怪異更令人悚然——看到一隻斷手在地上爬行，就比看到整個殭屍，更具恐怖感。施組長雖然震駭，但是也發揮了他優秀警務人員應有的鎮定，他硬是超越了客貨車，而且又趕在前面三十公尺左右，這才陡然全車子打橫停下，他則自車門的另一邊，滾翻了出去。

這一連串動作，說來聽來都簡單，但若沒有極好的身手，根本做不到，而且，這也是當時阻截這輛客貨車的唯一辦法。

所以，當他並不渲染地說到這一部分時，所有人都不約而同，一起鼓掌，表示欣賞，他顯得十分高興。

施組長的身子兀自在公路上翻滾間，一下隆然巨響，已經傳了過來，施組長只見自己的車子，被撞得也在公路上翻滾，竟像是一頭翻滾而來追噬他的怪物，嚇得他連滾帶爬地逃避。

他的身子，足足翻了七八個觔斗才停下來，在這期間，施組長無法看到客貨車的情形，只是又聽到好幾聲巨響，等到他躍起身來去看時，公路上已經沒有了客貨車的蹤影，而在路下的山崖中，還有乒乓巨響傳上來，顯而易見，客貨車滾跌下山崖去了。

施組長奔過去，向下看，還看到有兩隻車輪，以十分快疾的速度，滾跌進山崖下的海邊去，在岩石上彈跳了一下，墮進了海中。

而那輛客貨車，已不再存在，跌得粉身碎骨，東掛一片，西掉半截，成了無數碎片。

施組長呆了片刻，才聽到有一下微弱的呻吟聲傳來，他低頭一看，吃了一驚，看到就在他的腳下，有一個老人，被一叢灌木阻擋，未曾跌下去。

施組長一上來就看遠處，再也想不到那麼近就有一個人在。而他看到了那個人之後，一時之間，也無法將這個人和失事的車子聯繫起來。

他拉起那人拖出了幾步，到達安全的所在，這才發現那是一個老得不能再老的老人。

他還想使用自己的車子去和黃堂聯絡，但是他的車子，在表演了連續接近十個前滾翻之後，和一堆廢鐵也差不多了。

這時，先是黃堂調派的一小隊警員趕到，接着，黃堂也趕到了。

接下來的事，全是例行事務，在這段時間中，胡說和溫寶裕正在到處找四個老人的下落，從警方的通訊網中，知道了客貨車失事和傷者到了醫院的消息，兩次和我聯絡，這才在醫院見面。

所以，當我在醫院見到黃堂，覺得怪異之至，黃堂見了我，更加奇怪，他心中第一時間所想到的是：怪事，必然和衛斯理有關。

然後仍是施組長的敘述：「我知道事情古怪，就命那一小隊警員攀下去搜索車子的碎片——」

我道：「重要的，是還有三個人。」

施組長道：「在搜尋碎片的過程中，如果有人，一定會被發現。但是我不認為在這樣的情況下，還會有生存者，尤其，另外三個人如果也這樣老的話。」

接下來，我和溫寶裕，也把陶格夫婦說要來的情形，說了一遍。

黃堂和施組長自然駭異莫名，我留意鐵醫生，看他十分沉穩地皺着眉。我提醒了他一句：「你知道那種把人當玩具的小機械人？它們只有二十公分高，可是卻上天下地，無所不能。」

鐵醫生的回答，出乎意料之外：「所以，它們輕而易舉，控制一輛車子高速前進。」

這一句話，令得所有人都感到了一股寒意——要是忽然有這樣的一個小機械人，響着嗡嗡聲，飛了進來，那我們這裏所有人都不是對手，它是典型的能力高超的妖魔鬼怪，取人性命於瞬息之間。

施組長先開口：「駕駛位上……沒有司機。」

鐵天音道：「客貨車比較高，你當時的情形，看不到駕駛位內的下半截。」

我也揚了揚眉，不錯，施組長當時，雖然曾和客貨車並列前進，但是他看不到駕駛位的全部。

如果當時駕車的是一個正常人，他自然可以看得見。但如果駕車的是一個二十公分高的機械人，由它在控制油門，決定速度的話，施組長就看不到它。

問題是：如果是小機械人控制車子，它神通廣大，可以輕易托車子上天，何必在公路上失事？

可知事情還不是那麼簡單。

各人的想法倒相同，溫寶裕一揮手：「最重要的，是老人的遺言，他們原來想見衛斯理，也一定是想說這一番莫名其妙的話。」

一直沒有說話的鐵天音，這時沉聲說了一句：「那一番話，不能說是『莫名其妙』的話。」

溫寶裕立時向他望去，並且做了一個「那麼請你解釋那一番話是什麼意思」的手勢。

鐵天音微笑：「我只是不同意説老人臨死的話莫名其妙。我不知道老人的話是什麼意思。老人説衛先生知道，我想衛先生一定知道。」

鐵天音的回答無懈可擊——我發現對一個自己不知道的問題，最好的回答，就是「不知道」，令得挑剔的對方，不能再挑剔下去。

溫寶裕只好攤了攤手，這時，所有的人向我望來，我再次聲明：「不，我不明白。」

鐵天音卻道：「你一定明白，只不過現在你想不起來，不然，老人不會那樣説。」

我嘆了一聲，沒有再説什麼。是不是明白伊凡的話，我自己再清楚也沒有。全世界人都説我知道又有什麼用，我真的不知道。

對着各人望着我的眼神，像是在等着我解釋伊凡的遺言，我再嘆了一聲：

「我可以把伊凡的話，一字不漏地重複出來，但我再說一遍：我不明白。」

在我這樣說了之後，各人都靜了下來，過了好一會，仍然是我先打破沉寂，我道：「聽起來，像是一個老套的幻想故事——有一個巨大的陰謀正在進行，所有的人，都會進入一個圈套之中。進了圈套，自然不會有什麼好結果，於是，由我來出力，和這個陰謀對抗，消滅陰謀，大功告成。」我一口氣說下來，各人仍然瞪着眼望着我。胡說道：「那是老人想要告訴我們的事實，也正是他想你去做的事，不能說成是老套的幻想故事。」

我高舉雙手：「別把我看得太偉大了，信息雖然來自一個身分如此奇特的人，但是單憑那幾句無頭無腦的話，我無法和這個虛無縹緲的『陰謀』作鬥爭——再偉大的拳師，也無法向空氣發拳，而且還要戰勝空氣。」

各人又靜了一會，黃堂嘆了一聲：「老人臨死時，無法把話說得明白，要是他們來找你的時候，你在家裏，那就好了。」

我不禁焦躁起來：「這不是廢話嗎？」

多半是由於我的神情很難看，黃堂沒有再說什麼。施組長吸了一口氣，想說什麼又沒有說，又是我說了話：「警方要做的是，把那輛客貨車的殘骸，一塊不留地蒐集起來，一小片也不要放過，進行徹底的化驗，有可能的話，讓潛水人下海去撈碎片。」

黃堂揚眉：「目的何在？」

我用力一揮手：「看看這輛車子是不是有什麼特別之處——如果警方做不到全部，可以負責蒐集碎片，我來負責化驗工作。」

黃堂吸了一口氣，伸手在自己鼻子上用力捏了一下，又大動作地點了點頭。

我站了起來，準備離去，來到門口時，才轉過身，向鐵天音望來，鐵天音竟機敏到立即明白了我的意思，他道：「我會十分詳細地剖驗死者，並且第一時間把結果告訴你。」

我輕輕鼓了兩下掌，溫寶裕有點不甘後人：「我們再去找，還有三個老人，下落不明。」

當時，我沒有在意溫寶裕的話。後來才知道，警方並沒有答應海中的搜索，溫寶裕聘請了一個專門潛水打撈公司的八個潛水人，潛入海中打撈——在暴風雨過後，進行這種工作，十分困難。

經過了三天的努力，在海中沒有找到人，但是找到那輛車的一些比較大件的碎片，一起交給了警方。

那些從海水中撈起來的碎片，和警方在山坡上找到的那一些，都被裝入一隻大箱子，等候我的處理。

我當初在表示我可以負責化驗工作時，就已經有了主意——把碎片送到法國的雲氏工業組合去，雖然路途遙遠些，但雲氏工業組合有最好的化驗室，費些周章，也是值得的。

所以，我設法和雲氏工業組合的負責人之一，雲四風聯絡。

雲四風在第二天下午時分來電，我花了五分鐘，把事情告訴了他。他不愧頭腦清晰，思想敏捷，立時提出了問題的中心：「是想從發現特殊的金屬、特殊的結構，以證明該車子曾受過外來力量的控制？」

我大聲道：「是，和你合作真愉快！」

雲四風說：「你懷疑未來世界的小機械人，還在世上為禍人類？」

我嘆了一聲：「我不知道，只有盡一切可能去探索，想弄明白何以陶格一家人，會短短幾年，就變得那麼衰老，也想弄明白那番遺言是什麼意思。」

雲四風想了一會，才道：「祝你成功——我會派人來處理那箱化驗品，一有結果就通知你。」

我道了謝，雲氏工業組合在世界各地都有辦事處，辦事十分乾淨俐落，那一部分的工作，不必我再費心，只需靜待結果就可以了。

事實上，在那三天之中，我心煩意亂，真想立刻到苗疆去，和白素會合，把我日前所想到的一些概念，和她好好商量。

而且，我也感到這件事十分棘手，白素已經好幾次表示她的計劃，要把女兒在最短時期，訓練成為一個現代人，就算我和紅綾完全站在同一立場，只怕也不能使她改變主意。

一半是由於感到就算去了苗疆，目的也難達。一半是由於溫寶裕和胡說，正在盡一切可能，在尋找另外三個失蹤的老人。溫寶裕更堅持，三個老人如果在車子失事之中遇難，就算屍體跌入了海中，也總有一點迹象可尋。而今什麼也找不到，大有可能三個人並沒有死，有可能再次出現，所以要我不要離開。

還有一個令我留下來的原因，是我還在等着鐵天音的剖驗報告。三天之後的晚上，鐵天音提着一個公文箱來找我，神情極其疲倦，眼中佈滿紅絲，可以看得出，他這幾天，心力交瘁放在工作上，休息得極少。

我先向他望了一眼，他嘆了一聲：「一點也沒有可疑之處，身體所有機能都因為年老而衰竭．那是由於衰老而死亡的一個典型。剖驗的結果全在這裏，你可以看。」

我搖了搖頭，表示相信他的判斷。

他眉心打結，沉默了片刻：「有一件事十分怪，老人的身上，沒有外傷，一點外傷也沒有，而他被發現時，應該是車輛失事之後被拋出去的——在那樣的情形下，不會完全不受外傷……」

聽得鐵天音這樣說，我也大是疑惑。當日趕到醫院，看到了伊凡，所有人都集中精神，想聽伊凡在臨死之前有什麼話說。接着伊凡就死了，誰也沒有注意他的身上是不是有傷。

鐵天音望着我，等着我的解釋。我知道他必然已經全盤設想過，所以我作了一個手勢，表示要先聽他的意見。

鐵天音和我只不過是第二次見面，可是我對他印象很好，感到他可以共事。鐵天音立時有反應：「施警官跳出了車子，客貨車撞上來，那其間估計有三四秒，施警官看不到客貨車，不知道發生了什麼事。」

我點頭，這說明他有十分精細的觀察力。我問：「你以為在這三四秒，會有什麼事發生，而是施警官沒有看到的？」

鐵天音先用一句簡單的話，說出了他的結論：「車廂中的四個老人，得到

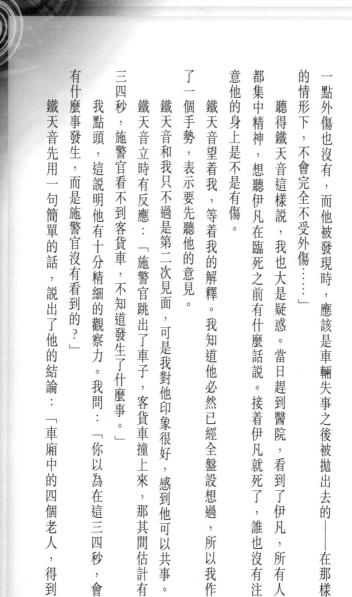

了處理。」

他的這種說法，十分奇特，我等他作進一步解釋。他略想了一想：「小機械人。」

他說了這四個字，又停了下來。每次，當我聽到「小機械人」這個詞的時候，都不免感到一股寒顫，這次也不例外。

而且，雖然他只說了四個字，但是我已經明白他的設想是什麼了。

他的設想是，有一個或幾個小機械人，在控制着整件事，駕車飛駛的是小機械人，由於小機械人只有二十公分高，控制車子行進時，看起來就會是司機座位上沒有人。

當去路被阻的一剎間，小機械人就抓起了四個老人，離開了車廂。

小機械人的行動快，所以施警官沒有看到事情發生的經過。

而伊凡之所以會留在山坡上，可能是小機械人故意如此，也可能是由於意外，而留了下來——他不是在撞車之後被拋出來的，所以並無外傷。

我把這些向他說了出來，一面說，鐵天音一面點頭，表示他正是這樣想。

他又加了一句結論：「三個老人並沒有死，小機械人在繼續玩他們，可能又把他們帶到未來世界去了，可能把他們留在戈壁大沙漠之中，或者任何地方，會繼續把他們當玩具。」

鐵天音的性格，一定十分沉穩，他在說有可能發生的那麼可怕的事時，居然平靜之極，一點沒有異樣。

我則半晌說不出話，愈想愈覺得事情的可怕。

鐵天音沉聲道：「所以，我認為事情已告一段落了。情形就像當年你在印度見到了他們之後，第二天酒醉醒來，不見了他們一樣。」

我搖頭：「當然不一樣。」

鐵天音堅持己見：「表面上看來不一樣，但實際上是一樣的——來自未來世界的小機械人一直在，陶格一家，也一直是他們的玩具。」

我緩緩吸了一口氣：「陶格一家會成為玩具，我們一樣是人類，也會淪為玩具。」

鐵天音攤了攤手：「誰說不是呢？」

他的這種反應，令我直跳了起來，無論如何，一個二十歲才出頭的青年，不可能有那樣深沉的看破世情的想法，這種想法，不但成熟，而且悲觀，和青年人的進取、積極背道而馳。

上次，我從印度回來之後，整理記述奇異的經歷，為陶格一家的「玩具」身分而感到悲哀恐懼，白素就曾喟嘆，她曾同意陶格的話——陶格說，每一個人都是玩具，是另一些人的玩具，同時，也把另一些人當玩具。

陶格曾激動地發表了長篇大論，解釋他的觀點，白素說得很簡單。她道：「陶格說得對，沒有一個人完全為自己活着，可以完全不受外來任何關係的播弄而生活。」

我也同意她的話，得出的結論是：人，根本就是玩具。

可是，那是我和白素的看法，尤其是我，在有了這樣的經歷之後，自然會有傾向悲觀的想法。鐵天音就不應該有。

剎那之間，我思緒紊亂之極，首先想到的是，鐵天音自己單獨一個人，不可能會有這樣的想法，他一定曾和什麼人商討過。

我性子急，想到什麼，就說什麼，所以伸手向他一指，疾聲問：「你和誰商量，才有這樣的看法？」

看鐵天音的反應，顯然是被我一下子說中了，他再沉穩，也掩飾不了陡然現出來的驚愕之色。

可是，他還沒有回答，我的思路，一下子又跳了開去——這是一個人在思緒紊亂的時候常見的情形，我陡然想到的，是白素現在的行動，豈不就是把自己的女兒當作了玩具，正在播弄着她？

本來，紅綾是自由自在的野人，雖然一身是長毛，但她完全獨立自主，自己是自己的主人，而現在，她是我們的女兒，要做許許多多她不想做不肯做不願做而我們卻千方百計要她去做的事——例如寫字。

從她被發現開始，她就和所有人一樣，進入了她的「玩具」生涯。是不是可以趁她「入玩具世未深」，而把她拉出來呢？如果要那樣做，該採取什麼行動？該放她回去，由得她變回深山大野人？

那自然不可能——我雜亂地想到這裏，不由自主地搖着頭。而忽然又想到，人的一生之中，所有的行為，真正是自己樂意去進行的，又有多少？為什麼一定會有那麼多自己不願做的事，卻偏偏要做？是誰定下的規矩？為什麼像是天條一樣，人人遵守，竟沒有人反抗，甚至沒有人質疑，為什麼？

我當時的想法很凌亂，而且，都以紅綾為中心，覺得她應該可以不要許多桎梏，而作為她至親的父母，卻正把種種束縛加在她的身上，養大她的靈猴就不會那麼做，如果她天性不愛受縛，那麼，遠父母而親靈猴，定必然的趨勢。

我所想的事，既然如此雜亂，抓不到中心，神情自然也不免古怪，有點心不在焉的惘然。直到我略定了定神，才看到鐵天音正注視着我，道：「能令你想得那麼出神的事，一定很有趣了。」

我苦笑：「一點也沒有趣——我甚至不知道自己在想些什麼！」

鐵天音沒有再問，可是他分明不相信會有「自己不知道自己想什麼」的情形發生。他道：「你的問題，我已回答過了，不過你正在出神，一定未曾聽進去。」

我又苦笑——因為我確然不知道他已經回答了。由此可知我神思恍惚到了什麼程度，我道：「能不能請你再回答一次？」

當我這麼說的時候，我要集中精神想一想，才記得起我問了他什麼問題。

鐵天音的答案：「家父，我曾和他討論過。」

我順口問：「令尊是——」

這個問題，我雖然只問了三個字，可以說還未曾完成，可是包括的範圍卻極廣，等於要答的人把有關這個人的一切，都大略告訴我，不是只答姓什麼名什麼做什麼那麼簡單。鐵天音吸了一口氣，神色莊重，這表示在他的心目中，對他的父親十分看重。

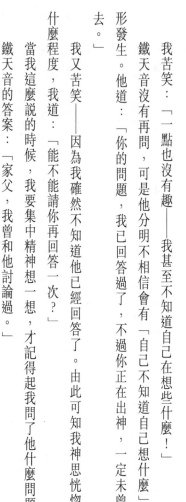

他的回答簡直明了：「家父是軍人，他常說，和你是舊相識。」這兩句話，鐵天音用我十分熟悉，聽來極其親切的鄉音說出，說完之後，他望定了我，明顯地表示，他不會再說什麼了。

我感到意外之極。一時之間，腦中更是紊亂，不知道從何處想起才好。

我先想到，我離開家鄉很早，鐵天音用鄉音來回答我的問題，當不是偶然，而是有強烈的提示作用的。

那麼，這個「舊相識」，竟是我在家鄉時的相識，是我少年時的朋友。

鐵天音姓鐵，那麼他的父親，當然也姓鐵——這兩句話，看來是十足的廢話，但是我當時，確然是這樣想下來的，而且，立刻有了答案。

我伸手指着他，張大了口，由於實在太意外，而且也實在太激動，竟至於講不出話來。

鐵天音一看到我這樣情形，他當然可以知道我已經明白他的父親是什麼人了，他顯出十分高興的神情，「家父也常說，雖然多年不見，但只要有機會，向你一提起他，不必說名字，你一定立刻會回憶起來。」

我本來想笑，可是喉際一陣抽搐，反倒變成了劇咳。一面咳，一面仍然心急地叫了出來，「你是鐵大將軍的兒子，太不可思議了。」

鐵天音笑：「我以為你會叫：你原來是鐵蛋的兒子！」

我這時，總算一口氣緩了過來，走向前去，用力拍他的肩頭，一面不住笑着。忽然之間，有了少年時舊相識的消息，而且，這個當時名字叫鐵蛋的少年人，早已成了鼎鼎有名的將軍，生命歷程，傳奇之至，雖然當年分開之後，一直沒有見過，但是他的一切活動，都被廣泛傳播，我自然也知道。

鐵大將軍後來改名鐵旦，戰功彪炳，威名遠震，他少年時就從軍，身經百戰，聽說在一次戰役之中，受了重傷，從此就銷聲匿迹，音信全無，為他傳奇的一生，更增添了神秘的色彩。很多人以為他已不在人世了。

現在，鐵天音這樣說，這位傳奇大將軍，自然還在人世，只是隱居得十分徹底而已。我深深地吸了一口氣，又好一會說不出話來。少年時的相識，有幾個成了名人、偉人的，鐵大將軍是其中之一，我和他是同學的時間只有幾個月，可是印象卻深刻無比，所以一下子就想得起來。

（熟悉我叙事作風的朋友一定可以知道，鐵蛋也好，鐵旦也罷，自然都不是真名字。大將軍的身分是真的，隱居和銷聲匿迹，真多假少，在戰役中受了重傷，也可以作多方面的了解，戰役並不一定是戰場上的廝拚，各種各樣、形形色色的鬥爭，都可以廣義地視為戰役。）

（而忽然出現了這個同學少年，和這個故事的主旨，也有關係，不是平空添加的。）

（這個故事的人物有點怪，範圍廣得出奇，有風燭殘年的老人，有豹隱多年的大將軍，下文還會出現一個學跳芭蕾舞的小女孩——不可思議吧？）

等到驚訝的情緒平復下來之後，我大大吁了一口氣：「令尊究竟隱居在什麼所在？」

鐵天音的回答，又出乎我的意料之外：「德國，萊茵河畔的一個小鎮。」

我再問：「他的傷勢——」

鐵天音緩緩搖了搖頭：「一直坐輪椅，他固執得不肯裝義肢，我在醫學院畢業之後，告訴他現代的義肢製作精巧無比，可是他還是不要。」

我十分感嘆：「我想，他要藉此表示一種抗議？」

鐵天音抿嘴不語，顯然他不明白他父親的真正想法是什麼。

要詳細敘說鐵旦大將軍的一切，可以寫好幾十萬字，自然這個故事不是為他寫傳，只揀和故事有關的和極駭人聽聞的，簡略說一下——那也有表示自己的同學少年之中有這樣的人物，引以為榮的意思在。

我伸手取起了電話來，望向鐵天音，意思是這就要和他父親聯絡，鐵天音搖頭：「他把自己與世隔絕，不過，如果你去找他，他會肯見你。」

第四部

人皆養子望聰明

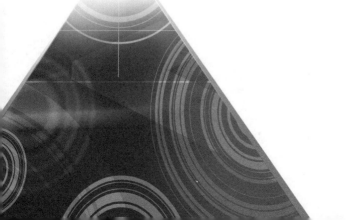

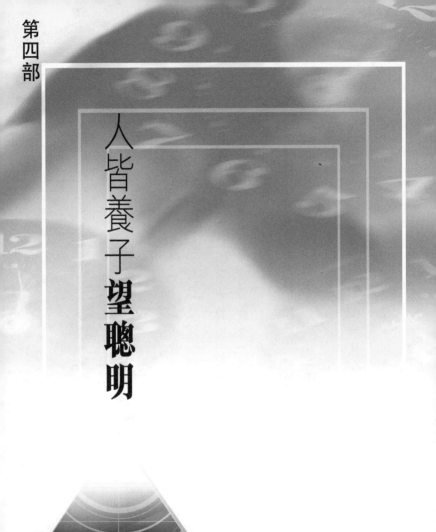

我連想也沒多想，就道：「好，我這就去——立刻出發，我實在想見他。

有一些疑問，多少年了，只有他能解。」

我決定得如此之快，很令鐵天音感動，他拍了拍身邊的公文箱：「這件事——」

我道：「正如你所說，這件事告一段落了，就像當年我從印度回來一樣，到現在，又苟安了好些年。」

鐵天音取過紙筆，寫了在德國的地址。

我還有許多話要問，但是轉念一想，大可以去問鐵旦，何必問青年人，有很多事，小孩子是不懂的。

我也想好了，先到德國，和鐵旦暢叙幾日，再直接到苗疆去。

我算是最沒有俗務纏身的人，想去哪裏，就可以動程。可是有時，也不免有點意外。

就像這時，我和鐵天音才分手不久，溫寶裕就找上門來，愁眉不展，好一會沒開口，只是把指節骨捏得「啪啪」作響。

看他的樣子，自然是有話要對我說，可是卻又不知如何開口才好。

而且，我還可以肯定，他要說的話，一定是異想天開的非分之想。他這種為難的神情，多半也是偽裝出來，博取我同情，希望我可以答應他的請求。

所以，我只是冷冷地望着他，看他可以玩出什麼花樣來。我就要出遠門，總有些準備工作要做，我當他不存在，自顧自忙着，溫寶裕像影子一樣跟着我，仍然不開口。

過了一會，他才道：「有遠行？」

我只是「嗯」了一聲，算是答應，又過了一會，他再問：「到哪裏去？」

我「哈哈」一笑，把他嚇了一跳：「德國。這就動身，你有什麼話，要快點說。」

溫實裕這才長嘆一聲：「有一個不情之請——」

我不等他講完，就打斷了他的話頭：「既是不情之請，免開尊口。」

溫寶裕大聲道：「不情之請，是我的私語，對我母親來說，卻合理之至。」

聽得他這樣說，我不禁大是訝異，事情怎麼會和他的那位令堂大人扯上關係的？

我向他望去，示意他可以進一步解釋。

以溫寶裕的性格而論，事情發展到這一地步，他應該興高采烈，手舞足蹈了。可是這時，他在得到了我的示意之後，仍然愁眉不展。可知事情必然不尋常。

我又向他作了一個手勢，又一次示意他有話儘管說。他這才又冒了一句話出來：「都怪我和我舅舅多口。」

我又呆了一呆，先是他的母親，又是他的舅舅，我實在不知道他在玩什麼花樣，就冷冷地回了他一句：「你才參加完家族會議？」

溫寶裕長嘆一聲：「老實對你說了吧，我，我母親，舅舅，三個人在閒談，忽然談起了你——」

我一揚手：「且慢。」

溫寶裕的舅舅叫宋天然，我是認識的，在一樁奇事之中，宋天然曾被東西方兩大陣營的特務，誤會成一個神通廣大之極的同行而遭到綁架，溫寶裕和他閒談，談到了我，還可以設想。

可是，溫寶裕的母親，那位美麗而又肥胖的溫門宋氏，我想絕不會在閒談中提到我。因為我和她，雖然一起生活在地球上，但就像是兩個不同星體上的生物，絕無共通之處。她也決不會在對牛黃狗寶、鹿茸虎鞭有興趣之餘，對我也有提及名字的可能。

溫寶裕瞪大了眼，用力點了點頭，表示確然事情是這樣，三個人的閒談，提到了我。

我也不禁嘆了一聲，因為很不平常，急於想知道當時究竟發生了什麼事。

溫寶裕也原原本本講了出來，聽了之後，我呆若木雞，足足有好幾秒鐘，不知道該如何反應才好——千萬別以為事情十分古怪、恐怖、離奇或者是刺激萬分什麼的，絕不，事情只不過是意外，隨便我怎麼設想，也想不到會是這麼一回事，且聽道來。

溫寶裕雖然天性好動，見了他母親就頭大，可是很有中國傳統，雖然不能晨昏定省，母親大人一旦宣召，倒也不敢耽擱，立刻前往。

一到，看到舅舅也在，甥舅二人，十分合拍，一見面就説個沒完，溫門宋氏發話了：「別只顧自己講話，替我想想辦法。」

溫寶裕這才叫了一聲「媽媽」，又拍胸口，故意拍得「蓬蓬」作響，惹他媽媽心疼，捉住了他的手。溫寶裕道：「有什麼為難事，包在我和舅舅身上。」

溫媽媽皺着眉，卻不説她有什麼為難的事，先問：「你認識那個姓衛的，叫衛什麼的，算不算有名氣？」

溫寶裕一聽得這樣問，大出意外，一時之間，不知如何回答才好。宋天然在一旁，大笑了起來：「那個衛什麼，不是有名氣——」

他說到這裏，故意頓了一頓。溫媽媽立時現出了失望的神情。這時，溫寶裕立刻接了上去：「他是大大有名，太有名了。」

溫媽媽轉悲為喜：「真的？」

溫實裕和宋天然齊聲道：「真的。連你也知道他叫衛什麼，怎麼不真。」

溫媽媽仍然握着兒子的手，眉開眼笑：「那就好，叫他來替我們剪綵。」

溫寶裕和宋天然兩人，面面相覷，知道自己雖然不是闖下了彌天大禍，可是卻也像是生吞了一枚有刺海膽，兩人齊聲叫：「剪綵？剪什麼綵？」

那叫聲之乾澀，大有淒慘之音，決不悦耳，宋天然手腳自由，已經悄悄移動身子，到了門口，準備事情再進一步發展時，可以拔腳就走，三十六着，走為上着，脱出干係，跳出是非。可憐溫寶裕也正有此意，只是他的一隻手，還被他的慈親，緊緊握在手中，難以掙脱，所以他只好轉過頭去，望向宋天然，希望能得到救援。

宋天然看出外甥正在求助，但是他也無能為力，只是搖頭，表示大難臨頭，也只好各自飛了。

溫媽媽卻興致勃勃，道出了前因後果。

事情原來是這樣：溫家三少奶奶和一班志同道合，身分地位相等的女性，開辦了一個「少年芭蕾舞學校」——接近三百磅的溫三少奶，和芭蕾舞發生關係，這就已經是匪夷所思之事。

（溫寶裕為他母親辯護：「我媽媽年輕時，一樣苗條漂亮得緊。」）

這個學校的規模，當然不是很大，可是一班女性，辦事認真，有一個開幕儀式，一干人商量，要找一個名人來剪綵，溫三少奶拍心口，說她交遊廣闊，由她負責去找剪綵的名人。

答應了之後，才發現要找名人剪綵，還真的不是容易的事，眼看開幕日子愈來愈近，名人還沒有着落。偶然想起了我，若是當時，宋天然和溫寶裕說一聲：「誰知道那個衛什麼是什麼人」，我就沒事了。可是他們也不知道會有這樣的下文，大大為我吹噓，溫三少奶自然大喜，有「得來全不費工夫」之感。

當時，這一段經過，溫媽媽只說到了一半，她的兄弟宋天然，早已腳底抹油，溜之大吉。溫寶裕心中一聲叫苦，但是卻走不脫。

溫媽媽最後下結論：「你去對他說，叫他來一趟，會有紅包封給他。」

溫寶裕抽出被他媽媽緊握的手來（因為他手心手背都在冒汗，所以起了滑潤作用，摩擦力減弱，這才容易把手抽出來了——很簡單的一個動作，也可以涉及物理學），用十分真摯誠懇的聲音道：「媽，他不會來的。」

溫媽媽大怒：「你都未曾對他去說，怎麼知道他不會來？愈大愈沒有孝心，小小事情叫你去做，就推三搪四。」

溫寶裕的聲音更誠懇，幾乎沒有聲淚俱下：「媽，我和他熟，知道他不會來。」

溫媽媽更怒：「你和他熟，你是他肚子裏的蛔蟲？那樣出風頭的事，報上都會有得登，他會不來？快去告訴他日子、時間。」

溫寶裕急得滿頭大汗，叫了起來：「這種事，叫我怎麼向人家開口？」

溫媽媽叱道：「你們不是好朋友嗎？好朋友不應該互相幫忙嗎？不然，算什麼朋友？」

溫寶裕知道，和他的令堂大人是說不明白的了，所以他不再推搪，只是道：「好好好，我去說。不過人家不肯來，我可不能把人家綁了來。」

溫媽媽笑了起來，知子莫若母，她焉有不知自己的兒子是小滑頭之理，只笑了三聲，就沉下了臉：「你別耍花樣，根本不去說，卻回頭對我說人家不肯來。你非得替我去說，哼，叫那個衛什麼來剪綵，總不成要我親自出馬。」

溫寶裕大吃一驚：「不必不必，我去說我去說。」

溫寶裕答應了「去說」，才得以脫身——那是大半個月之前的事，他想來想去，還是決定不說，盼望事情可以有轉機。

幾天之前，他還對媽媽說：「別找那個衛什麼了，他沒有什麼名氣，找一個電影明星多好。」

溫媽媽笑嘻嘻地指着兒子：「我和所有人說了，人人都說這個衛什麼有名，又很難請到，說我的面子大，你一定要請到他，別出花樣，要是說好了人不來，我面子盡失，怎麼見人？要自殺了。」溫媽媽說要是我不去剪綵，她大失面子，會得自殺，人人聽了，都知道她絕不會真的去死。可是溫寶裕是她兒子，聽了之後，感受和別人大不相同。

當時，他把經過向我講完，攤開雙手，一臉苦惱，望定了我，鼻尖和額角上，都有汗水滲出來——那真是假不了的。

我想像力再豐富，也料想不到會有這樣的事發生在我的身上，簡直難以形容，無法分類，所以我才呆了三五秒鐘之久。

接着，我轟笑起來，大聲叫：「我提議你替令堂去一次英國，去請瑪哥芳婷來，比我適合多了。」

溫寶裕仍然苦着臉：「好提議，可惜時間來不及了。開幕的吉時，就在一小時之後。」

我用力一揮手，不準備再理睬他，溫寶裕展開游說：「若是她老人家再度光臨府上，只怕你也不會歡迎，倒不如跟我去走一遭，不過是一舉手之勞。」

我大喝一聲：「別浪費唇舌了，我不會去。」

溫寶裕約有一分鐘之久，沒有出聲，我已經可以出門了，把老蔡叫出來，有一些事要吩咐他。老蔡一出來，看到溫寶裕這副樣子，就吃了一驚。

老蔡對溫寶裕並沒有好感，可是這時，溫寶裕的情形，實在令人同情，所以老蔡忙道：「小把戲，怎麼啦？」

為了「小把戲」這個稱呼，溫寶裕就曾和老蔡發生過不少衝突。老蔡是揚州人，「小把戲」是對小孩子的親暱的稱呼，可是溫寶裕卻不懂，一直以為那有侮辱性。這時，他卻再不計較，像是一下子找到了救星，一把扯住了老蔡：「小把戲大難臨頭了。」

老蔡望了望他，又望了望我，竟大有相信的神情。我忙道：「別聽他胡扯。」老蔡還來不及有反應，溫寶裕把他拽得更緊，看來他也真着了急，語帶哭音，一面還頓着腳，說出了一連串我聽了真是不能入耳，但是老蔡聽了卻大是動容的話來。他道：「蔡老伯，這次我遇到了難關，過不去，只有死路一條。我死了倒不打緊，可憐我那身重三百磅的老娘，必定痛不欲生，再也活不下去，一屍兩命，人間慘事。只要他肯幫我，抬一抬手，我就能過這個難關。」

老蔡在溫寶裕說的時候，又摸他的頭，又拍他的背，看來同情之極，同時，又向我怒目而視。

等溫寶裕說完，老蔡斜睨着我，連聲冷笑：「小把戲，是什麼事，老蔡替你去辦，水裏水裏去，火裏火裏闖，辣塊媽媽，皺眉頭的是王八蛋。」

溫寶裕哭喪着臉：「不成啊，這事，還只有他一個人做得成。」

老蔡轉過頭數落我：「怎麼啦，多少不相干的人的閒事，你都沒少管，自家小把戲的事，你倒不管了。」

老蔡要夾纏起來，世上沒有人可以弄得他明白。我知道最好的解決辦法是揮拳把這一老一少兩人，一起打昏過去，然後離開。等他們醒過來時，什麼芭蕾舞學校開幕吉時也早已過了，我絕不信會有什麼人因我不到場剪綵而死於非命。

我不單是這樣想，而且真準備這樣做。

我把這一段經過，寫得如此之詳盡，是由於想說明，我本來確然不願去剪什麼勞什子的綵的，但是後來，事情有了變化，也正因為有了變化，所以才使這個故事，有了突破性的發展。

偶然的一個決定，一念之差，可以使許多事起了改變。

溫寶裕十分乖覺，他可能看穿了我的心意，所以不等我揮拳，先後退了幾步來——後來他說我當時一副「怒從心頭起，惡向膽邊生」的表情，目露兇光云云。

老蔡還在仗義發言：「小把戲再不好——也是自家人，就不肯幫他一把？」

就在這時，樓上書房中，電話鈴聲響起。

那電話知者甚少，沒有人打來則已，一有人打來，就一定是關係密切的人。

所以我悶哼一聲，轉身向樓梯上竄了上去，溫寶裕接着跟了上來，我用力關上了書房的門，將他摒諸門外，不理會他在門外發出了一下又一下的慘叫聲。

按下電話掣，出乎意料之外，我竟然聽到了白素的聲音，她十分興奮地告訴我：「我發現，那直升機上的通訊設備，性能絕佳，可以和三百公里外的無線電台聯繫，接通國際長途電話，現在我在藍家峒，可以和你通話，清楚不清楚？」

有了這樣的方便，我也十分高興：「清楚，不但可以聽到你的話，還可以聽到猴子叫。」

白素又叫：「紅綾，過來，你爸爸和你講話。」

過了幾秒鐘，才聽到紅綾不情不願地叫了我一聲，還不等我說話，她發出了一下猴子叫，聲音已分明遠了開去，接着，便是白素的一下責備聲：「這孩子。」

我想起這些日子來所想到的，雜亂的一些事，想趁機對白素說，可是事情又十分複雜，不是電話裏所能說得明白的，所以我只是說了一句：「別太勉強她做她不願意做的事。」

白素這時有了反應，而且十分強烈：「那怎麼行？她要學的東西太多了……」

白素在這樣說了之後，又遲疑了一陣，這才長嘆了一聲，可知她在這方面，遇到了不少困難，這正是我擔心的情形。我只好再次道：「不要太勉強她了。」

白素的聲音中十分無可奈何：「只聽說慈母嚴父，我們怎麼調轉來了？」

她竟然這樣說，我更是吃驚，忙道：「萬萬嚴不得，別忘了不久之前，她還是野人。」

白素又嘆了一聲，忽然問：「你那裏有什麼怪聲？」

我道：「溫寶裕在書房門外慘叫，他要我為他媽媽開辦的少年芭蕾舞學校去剪綵，我沒答應他。」

白素聽了，也駭然失笑：「怎麼給他想得出來的，不過，還是去一次吧，沒有他，我們找不回女兒來。」

這時，門外的溫寶裕又是一下嗥叫，聽來的確也頗為感人。

我嘆了一聲：「好，我去一次。素，記得，別太勉強紅綾，我有事到德國去幾天，就直接來找你——是不是通過陳耳，可以找到你？」

白素道：「是，德國方面——」

我大聲道：「去看我少年時的一個同學——」

白素也時時聽得我說起少年時的情形，她立時說出了幾個人名來，等她說到「鐵蛋」的時候，我道：「對了，就是鐵大將軍。」

鐵大將軍的名頭，當真是非同小可，連白素在那麼遠還聽到了，也不禁「嗖」地吸了一口氣。

我又道：「我有許多話要對你說，見面詳談，這就要出門了。」

白素又嘆了一聲，聽起來，像是欲言又止。我知道那一定是由於紅綾抗命，不肯聽從她編排的「學習日程」之故，所以，又重複了一下那句話。

白素道：「這孩子，聰明才智，真是上上之選，一定可以出人頭地，可以的。」

我提高了聲音：「我倒寧願她笨一點，生兒愚且魯，兩代上下都幸福。」

白素再嘆一聲：「我明白你的意思，可就是不想自己的孩子不如人。」

我大叫起來：「紅綾哪樣不如人了？她比任何女孩子可愛。」

白素連聲道：「好了，你去剪綵吧。」

我答應着，放下了電話，走過去打開門，卻看到溫寶裕已擺出了一個雙膝下跪的姿勢——看來，他擺這個姿勢很久了，雖然明知他不會真的下跪，我還是一把拉起了他：「去吧，去剪綵。」

溫寶裕一見我答應，大叫一聲，躍上了樓梯的扶手，一面歡呼着，一面向下滑去——這是老蔡最討厭的動作，所以他立時罵：「這小把戲，不成體統。」

等到我和溫寶裕，到了那間少年芭蕾舞學校前的時候，居然還早了十五分鐘，可是一馬當先，站在門外的溫媽媽，已在頻頻抹汗，精神十分焦急。

溫寶裕碰了我一下：「看，你要是不來，急也把她急死了。」

在溫媽媽身邊身後的，是許多花紅柳綠的女性，各種各樣的語聲，喧嘩得叫人頭昏腦脹，她們一湧而上，自顧自說着歡迎的話，我只好現出笑容，連連點頭，曾上天入地的衛斯理，這時正在他畢生第一次這樣的經歷之中，看起來像是傻瓜。

我看到溫寶裕正努力咬着下唇，在忍住笑——他要是敢笑出來，我必然打破他的頭。

溫媽媽把我領到辦公室，各色女人又湧了進來，溫媽媽大聲對各人說：「我們家小寶真是能幹，連衛先生這樣的人都請得到。」

她總算不叫我「衛什麼」了，我坐了下來，問：「可以開始了吧。」

溫媽媽和一班女士，十分迷信「吉時」，所以又有七八個人齊聲道：「還有十分鐘。」

我只好等着，也沒有話可以説，女士們自顧自攀談，在這種環境中，真是度日如年，如坐針氈，比進了一群吃人部落中還不舒服。

就在我的身後，我聽到了兩個女士的對話。一個道：「你家的安安也來了？不是聽説她發高燒，昏迷不醒了好久嗎？」

這個雖説問候，可是語氣中，大有幸災樂禍之意。那一個也不甘示弱：「我們家從祖上起，就沒有做過缺德事，自然吉人有天相，連瑞士來的專家都説沒有希望，可是幾天前，就醒了過來。她爸爸説，這叫積善之家，必有餘慶。」

我聽到這裏，轉頭看了一下，一位女士立時對我道：「她一醒就要出院，而且一出院，就吵着要來見你，衛先生。」

真的，我回頭看一下，是無意識的行動，因為那時我無聊至於極點。

我再也想不到，這兩位女士的交談，會和我有關係。

我還未曾有反應，那位女士又道：「我和安安的爸爸，雖然都曾聽過衛先生的大名，可是只當那是小孩子胡鬧，所以沒作理會。」

直到這時，我才問了一句：「令嬡多大了？」

那女士：「快五足歲了。」

一聽到了這樣的回答，我一下子呼吸不暢順，以至想出聲，卻發不出聲音來，腦門中「嗡嗡」作響，真想站起來就走，一生的經歷再豐富，也沒有比這時更尷尬的了。

口中雖然沒有出聲，可是在肚子裏，還是罵了一句粗話：真倒霉，什麼樣的新鮮事，全叫在今天發生了。一個不足五成的小女孩，竟然吵着要見我。

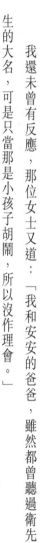

這女孩的母親，還說得如此一本正經，這才更叫人啼笑皆非。

我沒有出聲，臉色也肯定不會好看，可是那一大班女士，顯然都不是很善於鑑貌辨色，尤其是那小女孩的母親，滿面笑容，熱情之至：「這下可好了，等會衛先生剪完了綵，可以和我們安安見面，我們安安為了今天可以見到衛先生，興奮得早餐都不肯吃，還打翻了一杯牛奶……」

那位女士還在繼續，我已下定決心，一剪完了綵，半秒鐘也不會逗留，立刻離開——事實上，這時我對於自己竟然會上了這樣的「賊船」，懊喪不已，要知道，我一向是做事絕不後悔的人。

就在這時候，多半是吉時快到了，溫門宋氏龐大的身軀，站了起來，眼前浮起了一片綠影——她特別喜歡穿鮮綠色的衣服。

也就在那一刻，在我身後的那位女士，大叫一聲：「衛先生，看，那就是我們的安安。」

她一面說，一面向前指着，還唯恐我不向她所指的方向看，竟然肆無忌憚地來推我的頭。

我忍無可忍，正準備伸手在她的手背，隨便揀一個穴道彈上一下，稍施懲戒。可是也就在那一剎間，我看到溫寶裕，一手抱着一個小女孩，一手高舉，而且人還在不住地向上跳。

他一定還在不斷叫着，但是由於製造噪音的女士實在太努力，而且成績斐然，「人聲鼎沸」四字，不足以形容於萬一，所以溫寶裕的叫聲，全被淹沒。他可能已叫了我好久了。

這時，引起了我注意的，是溫寶裕的神情，極其迫切，他抱着一個小女孩，還要努力向上跳，揮手，來吸引我的注意，那是十分吃力的事，所以一看到我見到了他，高興莫名，又張開了口，大叫一聲，伸手，指着他所抱的那個小女孩。

那小女孩看來和別的小女孩沒有什麼不同，我一時之間，不知道溫寶裕這樣子是什麼意思，身後的那女士又拉着我的衣袖：「看，溫家少爺抱的，就是我們的安安。」

我對於「她的安安」一點沒有興趣，所以一甩手，身子移動了一下。溫媽媽已發出了驚天動地的一下叫聲：「吉時到了。」

號令一下，我身不由主，被眾多女士擁簇着，走向一條綢帶，原來剪綵的不止我一個，只是以我為主。接下來的事，全然由人擺佈，剪刀是怎麼到我手中的，如何揮剪，都不記得了，因為又亂又鬧，而且不耐煩至極，等到把剪刀放回盤子上，我已幾乎窒息，雖然身邊還是有很多人，我也不顧一切，橫肘開路，擠了出去。

在我擠出去的時候，聽到那位女士和溫媽媽同時在叫。那女士叫的是：「衛先生，等一等，我去找安安來見你。」

溫媽媽叫的是：「衛先生，等一等，我們學校的學生，要為你表演舞蹈。」

我怎能停步，不顧一切，向外擠去，只當聽不見。等到我發現自己終於到了校舍之外時，不是誇張，很有點再世為人的感覺。

我迅速奔過馬路，在對馬路的一根燈柱之旁站定，調整了一下呼吸。

一來，在經過剛才如斯可怕的經歷之後，需要休息。二來，剛才溫寶裕的動作相當古怪，一定是有什麼事想對我說，他應該看到我擠了出來，自然也會來找我，要等他一等。

我作了兩下深呼吸，忽然想到，如果瑪哥芳婷有類似那批女士的母親，只怕也成不了偉大的舞蹈家。

（很奇怪，這個故事第一次提到瑪哥芳婷是在若干日之前，忽然就傳來了她逝世的信息，原來她在巴拿馬，不在英國。）

我當然不打算等多久，至多一兩分鐘吧，如果溫寶裕不出來，我也離去了。

而就在這一兩分鐘之間，事情又有了意外的變化。先是在校舍之中，響起了一下尖厲之極的尖叫聲——我有經驗，聽得出來，不是溫媽媽所發，但是效果的威力相若。

接着，又是另一下尖叫聲，這一下，肯定是溫媽媽所發出來的。

再接着，是許多下尖叫聲，自校舍之中，直湧了出來，先是尖叫聲，再是許多女士，在最前面的兩位，一位是溫媽媽，一位是那個女士。兩人不是乾淨俐落走出來，而是拉拉扯扯，跌跌撞撞，拖泥帶水，糾纏不清地出來的。這情形，一望而知，是兩個女士之間，有了不能用語言解決的矛盾，所以在她們身邊的其餘女士，有的動口，有的動手，七嘴八舌，七手八腳，亂成了一團，很難想像還會有什麼生物，能夠形成這樣的大紊亂。

一看到這等情景，我第一個念頭，就是快逃。雖然後來想想，十分窩囊，可是當時的情形，確然叫人感到，別説是我這個區區衛什麼了，就算是釋迦牟尼下凡，以菩薩心腸，佛法無邊，只怕也平息不了這樣的紛爭。

我不但想到了快逃，而且真的拔腳就奔，可是卻已遲了一步，兩個正在糾纏不清的女士，卻有眼觀四方的本領，各自發出裂帛也似的叫聲：「衛先生。」

隨着那一聲叫喚，兩位女士看來都想擺脱對手，但是都不能成功。溫媽媽又在大聲叫：「衛先生，你説，我們家小寶是什麼樣的人？」

我本來，已準備不顧一切，脱離現場，不再理會。可是一聽事情又和溫寶裕有關，所以我遲疑了一下——就這一個遲疑，就喪失了可以脱身的一線生機。

溫媽媽已來到了我的身前，滿面怒容，不住喘氣。那位女士也殺到近前，一樣氣吁吁，可是說話十分流利，正在嚷叫：「衛先生，你見過他家小寶抱着我家安安的，你見過。見過。」這位女士的神態，簡直比像章魚一樣的外星怪物還要可怕，我本來不想在女士面前失儀，但是真忍無可忍，所以發出了一下巨喝聲，先把那女士的聲音鎮壓了下來，才疾聲道：「我是見到溫寶裕抱着一個四五歲的小女孩，不知道那小女孩是什麼人。」

那女士的聲音只被壓制了兩秒鐘，就宣告復活：「那就是我家安安。」

我再斷喝：「是你家的安安又怎樣？沒有人會搶你的。」

那女士一疊聲地叫：「就是有人搶，就是有人搶，叫他家的小寶搶走了。」

溫媽媽一頓腳，用盡了全身的氣力叫：「胡扯。小寶搶你的安安幹什麼？」

那女士又揮着手，動作的幅度之大，一時無兩，同時還在直着嗓子叫：

「有人看見了，好幾個人看見了，是你家小寶，抱着我家安安，匆匆忙忙出了校門，有人看見的，有人看見。」

溫媽媽還沒有反擊，另外有幾個女士都叫了起來：「是，我們看到。」

溫媽媽雖然還氣勢洶洶，可是卻再也叫不出來。那位女士佔了上風，更加手舞足蹈，嚷叫不已。這時，我總算明白發生了什麼事，溫寶裕抱了人家小女孩，不知道到什麼地方去了。

這本來是極小的小事，不知道為什麼那位女士（安安的媽媽）會那麼緊張。我忍不住道：「小寶抱了女孩去，也不會有什麼意外，你那麼緊張幹什麼？」

那位女士真的緊張，甚至於淚流滿面，她道：「衛先生，你不知道，我家安安……才恢復……還不是十足恢復，她……唉，真叫人擔心。」

說到這裏，她的那種神情，雖然一樣惹人厭惡，但是一想到她是出於偉大的母愛，也就可以接受了。

我安慰她：「派幾個人去找一找，快把他們找回來就是了。」

那位女士還在哭，溫媽媽已在吩咐女僕司機，快去找溫寶裕。那時，我想，多半是溫寶裕帶着小女孩，去買零食吃了，沒有什麼大不了的。

而那麼多人聚在路邊，我夾在中間，實在不成樣子，我也準備離去了，可是正在哭着的那位女士卻道：「衛先生，你別走，我家安安真的想見你，她一醒過來，就說要見你。」

我用力一揮手，轉過身去，那女士叫：「她不是一覺睡醒要見你，而是昏迷了一個多月之後，忽然醒來，就說要見你。」

我怒道：「哪有這樣的事？」

在我的身後，響起了一個男人的聲音：「就有這樣的事，衛先生，如果你肯給我們幾分鐘，聽一聽，我們會感激不盡，終生感激。」

我轉過身看去，看到一個中年男士，正從一輛大房車中出來，說話的就是他。這人看來有點面熟，多半是商界聞人之類。

我望着他，還未曾出聲，他又道：「我叫陳普生，衛先生的大名久仰了。」

這個名字聽來也很熟，我估計他的身分，自然錯不了。

我仍然直視着他，不出聲。

我的態度很明顯：你有話，說罷，反正我也豁出去了，你們家五歲不到的安安，既然指名要見我，那我也只好聽你們說幾分鐘。

陳普生先向那位女士（自然是他的太太）招了招手，兩夫妻並肩而立，我忙道：「我相信由陳先生來說，會比較有條理。」

陳太太想提異議，但陳先生已經同意：「當然。」

發生在陳安安這個小女孩身上的事，其實十分簡單，可是也有相當程度的怪異，本來和我全然無關，但卻又和我有了關係。

陳先生事業有成，夫妻恩愛，五年前有了女兒，自然寶愛之極，陳安安在幸福的環境中生活，可是天有不測風雲，在兩個月前，突然發高燒，以致昏迷。

這一個變故，給陳先生夫妻的打擊之大，無出其右。陳先生在向我提起之時，仍然眼中淚花亂轉，陳太太則早已淚流滿面。

他們因女兒發生了變故而傷心，我十分理解——當年，我女兒神秘失蹤時的情形，正是如此。

陳先生自世界各地，請了最好的醫生來。可是再好的醫生，也難以創造奇蹟，陳安安被宣布腦部死亡，成了「植物人」，被無情地認為，再無復原的希望。

可是陳先生夫婦卻不肯死心，陳太太一面求神拜佛，聽到什麼寺廟的神佛有靈，間關萬里，都去祈求。

這樣子忙亂了一個多月，陳安安了無起色，醫院方面不反對陳安安留醫，並且告訴陳先生，小女孩在悉心的照顧之下，一樣會發育成長，只不過她沒有知覺而已。

陳太太索性也搬進了醫院牀房陪女兒，他們經濟情形許可，陳先生比較理智，可是也在哀傷的心情下，盡可能在醫院陪伴妻女。

奇蹟出現了。

那天晚上，夫妻兩人，手握着手，望着在病牀上的小女兒，欲哭無淚。忽然之間，兩人同時看到小女孩倏然睜大了眼睛。

小女孩的眼睛一睜開，像是想不到在那麼近的距離正有兩個人盯着看，所以一下子，現出了吃驚的神情，立時又閉上了眼睛。

由於事情發生得太突然，夫妻兩人一時之間，驚喜交集，呆若木雞，全然沒有反應。

足足過了三秒鐘，陳太太和陳先生，才異口同聲問對方：「你看到了？」

陳太太更看到，小女孩閉着眼，但是和她是「植物人」時，大不相同，那是小孩子裝睡的閉着眼，眼珠在眼皮下，有輕微的顫動。

作為一個傷心欲絕的母親，陳太太這一喜，實是非同小可，她雙手齊出，握住了女兒的一隻手，喉頭哽咽，叫：「安安，你醒了，你醒了，你怎麼還閉着眼嚇爸爸媽媽，快睜開眼來。」

陳先生在妻子的身邊，不由自主發着抖，但是他立時高興得用力拉扯自己的頭髮。因為陳太太的話才一出口，小安安立時睜大了眼，眼珠靈活地轉動，哪裏還是什麼植物人，簡直比以前還要聰明伶俐，而且，她還十分可愛地現出了一個甜蜜無比的笑容。

接下來的時間，大約有好幾分鐘，陳先生夫婦，只是腦中轟轟作響，把女兒抱了起來，把連在她身上的那些管子全都扯掉，在病房中又叫又跳。

由於他們所發出的聲浪實在太大，所以不一會，就已驚動了醫院中的人，他們看到的情形是，兩個大人，一個小女孩抱在一起打轉，跳動，兩個大人的口中，發出全然聽不清，但是卻一聽就可以知道那是代表了歡愉的聲音。一個小女孩，則用她的童音在叫：「放我下來，我肚子餓死了，放我下來。」

（這情形，後來我到過醫院去求證，確是實情。）

醫院中的人也呆住了，他們以第一時間通知了陳安安的主治醫生，陳先生的一家人，和醫生就在醫院的門口相遇，醫生阻住了他們：「不能就這樣離去，我要替病人作詳細檢查。」

陳先生哈哈大笑：「你沒聽安安説她肚子餓了嗎？安安，把那些笨醫生的頭切下來吃，好不好？」

小女孩叫了起來：「不好，笨醫生的頭一定不好吃。」

在這種情形下，醫生的臉色，自然要多難看就多難看，而且，也無法阻止陳先生一家人離開。

一家三口，先去飽餐一頓，到了飯後甜品時，安安忽然現出沉思的神情——一種不應該出現在小女孩身上的成熟神情。

陳先生夫婦不禁又心頭狂跳，唯恐又有什麼變故發生，兩人一起叫：「安安。」

安安嘆了一聲，抬起頭來，望向陳先生夫婦，十分認真地道：「有一個人，名字是衛斯理，請帶我去見他。」

小女孩的這幾句話，説得十分清楚，也表示了她想見衛斯理的決心。

陳太太愕然，因為她不知道衛斯理是什麼人。

陳先生也愕然，他聽說過這個名字，可是不能肯定女兒所說的這個人究竟是不是我。

當他說到這裏的時候，我也不禁大是愕然。這是一個難以想像的情景——一個才從「植物人」狀態中蘇醒過來的小女孩，竟要求見我。

我作了一個手勢，叙述得相當激動的陳先生停了下來。我需要設想一下究竟發生了什麼事，但是暫時無法作出任何結論。

陳先生於是再講下去，他神情十分疑惑，因為接下來發生的事，確然令人難解。

陳安安這個小女孩，在提出了這個要求之後，看到父母有愕然之色，她向餐室的侍者要來了紙筆，在紙上清清楚楚寫下了「衛斯理」這三字，接着，用更堅定的語氣說：「我要見這個人。」

陳先生知道事情不尋常，但他當然也不知道發生了什麼事。他反應敏捷：

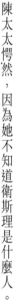

「好，今天晚了，我們先回家去，明天一早我就去進行。」

陳安安道：「要見他不容易，你要盡力。」

小安安畫蛇添足，又加了這樣的一句話，這就使得陳先生在以後的日子裏，可以諸多推搪——決定推搪，是當晚安安睡着了之後的事。

安安在睡覺之前，還重複了她的要求。而在她睡着了之後，夫妻兩人，又有好一陣驚恐，他們怕女兒又不會醒過來。

然後，他們就在女兒的牀邊，先開始悄聲地討論。陳太太先問：「安安要見的那個人是什麼人？」

這個問題，還真的不好回答，陳先生想了一想才道：「是一個神通廣大的傳奇人物。」

陳太太有她的主意：「我家安安怎麼會知道這樣的人？別讓她去見。」

陳先生有為難之色，陳太太獻計：「不是說很難見這個人嗎？告訴她找不到就是。」

陳先生同意了陳太太的辦法。

所以，他們並沒有來找我，只當小安安要見我，是小孩的胡思亂想，他便把小安安嚴密看守起來。雖然小女孩一天至少提出十七八次要見我，但他們相應不理。

小女孩很乖，不吵不鬧，但是陳先生夫婦，卻覺得女兒太乖了——本來，小安安相當任性刁蠻，那是父母太溺愛的結果。

而自從蘇醒過來之後，用他們夫婦的話來說，是乖得叫人擔心；好像整個人都變了，而且，記性有時好，有時不好。由於怕她舊病復發，所以對她呵護備至。

那天，小安安翻着報紙，忽然在社團活動欄中，看到了「衛斯理將為少年芭蕾舞學校剪綵」的消息，她就高興得大叫了起來：「可以見到衛斯理了。」

那時，由於溫寶裕媽媽對我的渲染，陳太太也知道我的名字了，陳太太也是這間學校的股東，和溫媽媽本來是好朋友——至於後來，會發展到了在街頭惡言相向，大打出手，那是各為其子女，母愛的偉大，沒得說的。

她也和丈夫商量過，陳先生由於小安安一直堅持要見我，也曾託人廣泛地蒐集我的資料，而我常把可以公開，有記述價值的怪異經歷記述出來，所以要明白我是一個什麼樣的人，再容易不過。

於是陳先生道：「安安非見他不可，就在那天，帶她到學校去見一見好了。」

兩夫婦作了決定，這就是那天剪綵之前，陳太太對我提出，她的女兒安安，要見我的原因。

本來，陳先生也配合得十分好，他算好了時間，準備來會合，以了解何以女兒一定要見我的原因。

卻不料等他來到時，情形卻已發生了變化：溫寶裕帶着陳安安，不知道到哪裏去了。

聽陳先生說這段經過，他大約用了半小時左右，溫媽媽的手提電話不斷在運作，仍然沒有溫、陳兩家第二代人物的消息，溫媽媽的臉色愈來愈難看，不斷走動，一身肥肉，抖着如同果凍，看來，若不是陳安安年紀太小，她準會倒咬一口，說她的小寶是被陳安安拐走的。

我絕不擔心溫寶裕和陳安安，我知道，溫寶裕的離去，一定有原因。他在抱着陳安安離去之前，曾向我作了幾個手勢，可惜我不明白是什麼意思。反倒是陳先生的叙述，令我呆了半晌，甚至不敢正視他們夫妻兩人。

因為我所想到的念頭，怪異莫名。

我想到的是，那個在醫院中醒過來的「植物人」，不是他們的女兒。這種情形雖然怪異，但是在我的經歷之中，倒絕不少見，這種情形是，不知道什麼人的記憶組（靈魂），進入了陳安安的腦部。

這個記憶組，一定是屬於我的一個熟人的，所以她才急切地要見我。

第五部

但聞人語響

這種情形雖然對我來說不算是什麼，但是對普通人，尤其是當事人的父母來說，卻驚世駭俗，十分難以接受。這時，我就想到了這些，而不敢說出來。為了證明我的設想，我又問了一些小安安蘇醒過來之後的情形。在回答之中，更可以肯定。

我吸了一口氣，把有關人等召集到面前來，道：「各位放心，溫寶裕不會對小安安有惡意，他——」

我說到這裏，陡然想起了一件事來，不禁感到了一股寒意，下面的話也說不下去了。

我想到的是，我的推測，是有他人的記憶組，進入了小安安的腦部。記憶可以進入，自然也可以離去。一旦離去，小安安便又是植物人了。

剛才，陳太太只不過一時之間，不見了她的小女兒，整個人就像是一頭瘋了的母獅子一樣（偉大的母愛），若是溫寶裕抱回來的小安安，又變回了植物人，會有什麼樣的場面，不能想像，令人遍體生寒。

我這時，一定「有諸內而形諸外」，陳太太立時覺察到了，她一伸手，全然不顧儀態，竟用力抓住了我的手臂，駭然問：「怎麼啦？是不是小安安……有什麼……」

她竟至於急得一句話說到了一半，哽住了難以為繼。

我忙道：「沒事，沒事，不會有事的。」

說着，我伸手在陳先生的手中，取過了流動電話——這種若干年之前，只是幻想小說中才出現的通訊工具，現在已被普遍使用了。我知道溫寶裕有一具性能極佳而且精巧之極的無線電話，那是微型儀器怪傑，戈壁沙漠手製的精品。只是溫寶裕不是很肯帶在身邊。

溫寶裕的說法是：帶了這東西在身上，就像是繫上了一根無形的繩子，繩子的另一端，不知道抓在誰的手裏，只要牽動繩子，就會給牽動，那是一種令人極不自在的可怕感覺。

溫寶裕生性愛好自由，不喜被束縛，所以才有這樣的想法，他更把他有這具電話一事，向他母親嚴格保密，他說的時候神情駭然：「要是給她知道，那我不必做人了。」

我這時，自然顧不得替他保密了，一面按動號碼，一面道：「我試試和溫寶裕聯絡。」

在一旁的溫媽媽一聽，立時杏眼圓睜：「小寶不會在那大屋子裏？剛才我打了電話，沒人接聽。」

我不理會她，自顧自按了一連串的號碼，溫媽媽神色疑惑之至，欲語又止。電話通了，可是沒人接聽——他果然沒將這具電話帶在身上。

看來，除了等他自動出現之外，沒有別的法子了。

在接下來發生的事情上，我竟得到了一個相當寶貴的人生經驗——使我知道了由於立場不同，人對一件事的看法，其分歧程度竟可以如此荒唐。

當時的情形是，我還急着要到機場去，我也認為這裏已經全然沒有我的事了，可不是嗎？我答應剪綵，已經剪過了，溫寶裕抱走了一個小女孩，我深知他的為人，決計不會對小女孩作出任何傷害。雖然這個小女孩的情形相當古怪，我也有了假設，但那也不是我的事。

也就是說，對我來說，我沒有必要再留下來，可以離去了。

我把電話還給了陳先生，十分自然地向各人揮了揮手，準備離去，可是，我才跨出了一步，卻有三雙手，同時把我拽住，同時，又有三個人異口同聲叫：「衛先生，你不能走。」

我大是驚訝：「為什麼我不能走？」

陳太太首先慷慨陳詞：「我家安安下落不明，衛先生，她是知道你來剪綵才來的，這……你怎麼能走？」

陳先生忙埋怨他的妻子：「你怎麼能這樣子和衛先生說話。唉，衛先生，你總得幫幫我們。」

說法雖然不同，可是用意則一：不讓我走。

我不是生氣，只是愕然得一時之間，說不出話來——天下竟然有用這種歪理來糾纏的，雖然出於父母對女兒的親情，但是也太不像話了。

老實說，若不是最近我找回了失蹤多年的女兒，深切了解到為人父母者的心情，早已口出惡言，拂袖而去了，哪會浪費時間在這裏。

可是，陳氏夫婦的歪理還算是好的了，溫媽媽更言出驚人：「全是你來剪綵出的事，你可不能一走了事。」

我更是無話可說，只是盯着她看，我自己也不肯定我這時的目光，所表現的是什麼情緒，多半是發怒和不屑，或者是冰冷陰森，總之，在我的瞪視之下，溫媽媽駭然鬆手，向後退去。我再用同樣的目光望向陳氏夫婦，他們也神情駭然，但是卻仍然不肯放手，陳太太哭喪着臉：「衛先生，我家安安才復原，不能沒人照顧。」

我真想告訴她，她的安安不是復原，而是有怪異的事發生在她的身上。

可是在這種情形下，我說出這個假設來，只怕更難出聲了。

我冷冷地道：「對不起，這一切，都不關我的事。」

我一手拂開了陳先生的雙手，再輕輕一掙，掙脫了陳太太，身形略閃，已經在三公尺之外，轉身就走。在我身後傳出來的呼叫聲，聽來十分駭人，但是我決不回頭，心中苦笑，我，竟然會有這樣的事發生在我的身上，誰說太陽之下無新事？

約莫一小時之後，我已到了機場，最快一班飛往德國的飛機，要在六小時之後才起飛，我在候機室中要了一杯酒，忽然想起一件事來，不禁用力在自己頭上拍了一下，心想近來是怎麼啦，老是被人莫名其妙地播弄——鐵天音騙了我。

剎時之間，我大是惱怒——有一半是由於剛才已經動怒，但是總不能對陳氏夫婦和溫媽媽發作，可是鐵天音卻不同，他既然欺騙我，我自然可以向他發作。

鐵天音騙了我什麼呢？當時，我由於驟然之間，得到了少年時代好友的消息，心中高興激動莫名，陡然湧上心頭的往事極多，所以才一時不察，被他騙了過去的。

我一知道了鐵大將軍的消息，立時想和他電話聯絡。可是鐵天音卻告訴我，他父親徹底隱居，決不和外界聯絡，除非是到德國去見他——這正是我現在在機場的原因。

可是，在這之前，我曾問他，關於伊凡那件事，他和什麼人商討過，他回答是：「家父。」

他是怎麼和他父親商量的？當然是用電話。

可是他卻告訴我，我必須到德國去。

雖然，和少年時期的好友，又是那麼富於傳奇性的一個人見面，是一件很愉快的事。可是，再愉快的事，若是被人騙了去做，也就變成不愉快了。

我一想到了這一點，就一口喝乾了酒，直跳了起來，撥了醫院的電話，找鐵天音：「就算鐵大醫生在手術室中，也把他叫出來。」

一分鐘後，我聽到了鐵天音的聲音：「我等你的問罪之師，等了很久了。」他竟然先發制人，我悶哼了一聲，等他的解釋。

他只說了幾句話，我就無法向他發作了，他道：「家父每隔一些日子，會打電話給我，而我無法和他聯絡。」

這小子，相當可惡，他竟然這樣說：「我以為當時，你就會問我，誰知道隔了那麼久。」

我只好苦笑，現在的後生小子，是愈來愈厲害了。我含糊地道：「要不是有一些亂七八糟的事纏住，我也早想到了——我在機場，見了令尊，可有什麼話要我帶去的？」

鐵天音忽然嘆了一聲：「衛先生，不瞞你說，我和父親之間，並不是很多話說，代溝……這種現象，是一種必然的存在。」

他說得那麼真摯，我也陪着他嘆了一聲。他忽然又道：「我才聽得一個同行說起一件……醫學上的奇蹟，那是他們說的，我倒認為事情十分蹊蹺，可以用『衛式假設法』來處理。」

我不明白：「什麼事？什麼叫衛式假設法？」

鐵天音的回答，很出意料：「衛式假設法，就是衛斯理式的假設法，也就是想像力天馬行空，但卻是唯一可能的假設，這是你一貫的作風。」

我略略一笑：「多謝捧場——那是一件什麼樣的醫學上的奇蹟？」

鐵天音道：「一個發高燒破壞了腦部組織的植物人，忽然完全復原。」

我呆了呆：「那是一個叫陳安安的小女孩。」

這次，輪到鐵天音發呆了，他道：「你……真像是什麼都知道。」

我吸了一口氣：「你的假設是什麼？」

鐵天音道：「據當時在病房中的護士說，陳氏夫婦，看到他們的女兒突然醒了過來，高興得發了狂，把小女孩抱了起來，擠在他們兩人的中間，在病房中亂叫亂跳。那護士想去阻止，必然要接近他們——」

由於鐵天音這時說的這件事，極其重要，所以要敘述得詳細一些。

當時，一發現安安蘇醒，陳氏夫婦大喜若狂，只知道抱着女兒又叫又跳，全然未曾顧及其他，所以他們在自我講述經過時，也未曾說到病房中還有一個護士在。

陳先生經濟充裕，他把女兒安置在一家貴族化的療養院中，醫院有各個國籍的醫務人員，那時在病房中的護士，來自法國。

在機場聽了鐵天音說了一個梗概之後，我感到事態嚴重，所以立時離開了機場，約鐵天音一起到那家療養院去，會晤那個法國護士——那是一個很美麗的法國女郎，態度親切而溫柔。

於是，鐵天音間接聽來的一件事，就變成了曾在場親歷者的叙述了，那自然真確得多。護士當時，驚愕之極，一則是由於她也絕想不到，由她護理的小女孩會突然醒過來。二則，是陳氏夫婦的反應，實在太強烈了，在醫院之中，不能有這樣的喧嘩，所以，她忙去阻止。

當時的情形十分混亂，護士一時情急，自然而然，說的是法語，她是法國南部人，法語有南部口音。

她說到這裏時，說了幾句法語，我回了幾句，盡量模仿她的口音，她笑了起來：「學得很好，但總是不像，那是很難學的，除非是土生土長，自小就講的。」

她那時說的是：「請不要這樣，把病人放下來。」

陳氏夫婦正在狂喜之中，根本連聽也沒有聽到她的話，她提高了聲音，再說了一遍，仍然沒有用。這時候，坐在陳氏夫婦之間的小女孩，忽然向她眨了眨眼，道：「由得他們，他們太高興了，雖然，我根本不是他們的女兒。」護士十分肯定：「小女孩說的是法語，和我一模一樣的法語。」

護士當時並沒有十分留意，事後，才想了起來，對人說起，可是沒有人相信她的話，都說：「一定是你聽錯了。」

美麗的護士對我和鐵天音強調：「我沒有聽錯，我肯定沒有聽錯。」

我之所以離開機場，就是因為聽鐵天音在電話中對我說到「一個護士說那小女孩會說法國話」時，心中陡然一動，這才有了決定。

鐵天音在電話中語焉不詳，等到由那位法籍護士親口說來，就更加詳細了。

我心頭怦怦亂跳，和鐵天音互望了一眼，我相信我們想到的是同樣的事。

說話的口音，另一種地方的語言，是最難學的。只聽說天才的莫札特四歲會作曲，但是他再天才，四歲也不可能會說中國浙江寧波話。

那麼，四歲多的陳安安，怎麼會說法國南部話呢？而且，她還說了，她不是陳氏夫婦的女兒。

她不是陳安安，那麼，她是什麼人？

我和鐵天音，再又細細問了那護士一會，得不到什麼新的資料之後，離開了療養院。

開始兩分鐘，我們走在醫院的滿植花草的花園中，都一聲不出。鐵天音先開口：「這情形，像是有一個人的記憶，進入陳安安的腦部。」

這是我早已有了的假設，所以我立即點頭。

鐵天音沉默了片刻，才問：「是誰的記憶？」

我聽得他這樣問，就知道他是有了答案才問的。而我心中也有了答案，所以我向他望去，做了一個手勢，我們倆人異口同聲，叫了出來：「唐娜。」

唐娜就是伊凡的妹妹，一個極可愛的小女孩，曾隨陶格夫婦在法國南部居住過。

唐娜和伊凡，不知為了什麼原因，在大風雨中來找我，沒有找到，離開的時候，出了意外，只有伊凡一人被發現，在我趕到醫院之後不久，留下了一番不可解的話，死了。唐娜和陶格夫婦下落不明。

我和鐵天音的分析是：那又是未來世界的小機械人的把戲，不是我們的力量所能對抗的，只好再「苟安」下去，無法追究。

現在，情形有了新的發展——如果我和鐵天音的假設成立，那麼，唐娜一定也死了（通常只是人死了之後，記憶組才會到處遊蕩）。唐娜死了，她的記憶組在遊蕩的過程之中，遇到了陳安安，進入了陳安安的腦部，於是，陳安安就「蘇醒」了。

所以，陳安安一醒，才會立刻要見我——真正的陳安安根本不可能知道我的名字，但唐娜必然知道，她有話要對我說。

她要對我說的話，是不是就是伊凡臨死前的那一些？還是她會有再進一步的闡釋。

不論如何，設法和唐娜見面，太重要了，至少，她能告訴我，那輛在公路上疾駛的客貨車翻側之後，又發生了什麼事，她也能告訴我，何以他們一家人，會變得如此之衰老。

我不禁連連頓足，唐娜一再表示要見我，可惜陳氏夫婦不當一回事，要不是我忽然會去少年芭蕾舞學校剪綵，就不會有機會見到她。

當想到這一點的時候，我自然而然想到，溫寶裕必然又會得意洋洋，說他又立了一大功。但我也想到，溫寶裕的處境十分不妙，他抱走的是唐娜，但是在陳氏夫婦的心目中，他抱走的是他們的寶貝女兒，要是溫寶裕還不出一個陳安安來，這事情不知道如何收科。

我也想到了在我剪綵的時候，溫寶裕又叫又跳的情形，他分明是有重要的事去做，想通知我。但由於當時人聲喧嘩，場面混亂，他無法接近我，做了幾個手勢，我又沒有弄懂（那時，再也想不到唐娜的記憶組進入了陳安安的腦部），所以溫寶裕就和唐娜先離開了。

他們幹什麼去了呢？可以肯定，事情一定極其緊急，要不然，溫寶裕大可以等我一會，再一起去進行。他自行離去，就表示他要做的事，是一等也不能等的。

我把自己想到的，對鐵天音說了，那時，已經在鐵天音的車子中，我道：「我要暫緩到德國去，情形看來十分怪異，我要先把溫寶裕找出來再說。」

鐵天音點頭：「從何着手？」

我略想了一想：「到他的那幢大屋子去……等也好，看看在那大屋子中，有什麼設備可以和他聯絡也好。」

鐵天音現出十分嚮往的神情：「溫寶裕的那大屋子，聞名久矣。」

我笑道：「歡迎你去看看。」

鐵天音想了一想，用車上的電話，向醫院請了假，發出了一下歡呼聲，向溫寶裕的大屋子駛去。

車子在大屋子門口停下的時候，我就大吃一驚，那時，已經是傍晚時分了，暮色之中，看到門口，停着七八輛汽車——我一眼就看出陳先生的那輛大房車也在其中。還有兩輛警車，大屋子中門大開，人影幢幢，有不少是警方人員。

我失聲道：「糟糕，可能是陳安安出了事，苦主找溫寶裕的麻煩來了。」

鐵天音也知道唐娜的記憶組既然可以進入，也可以離開的道理，所以他皺着眉：「這倒不好對付，做父母的，一定不肯接受解釋。」

我們的車子才一停下，燈火通明的大房子中，就有好幾個人，男女都有，一起奔了出來，為首一個肥大的身形，倒是動作快疾，同時發出驚天動地的呼叫聲：「小寶，你可回來了。」

行動如此懾人心魄的，自然非溫媽媽莫屬。

聽了這一下呼叫聲，我倒放心了，因為那證明溫寶裕還沒有出現，這些人，是在這裏等他的。而且，多半是陳氏夫婦報警，所以才會有警方人員在。

不等溫媽媽奔到近前，我和鐵天音已下了車，溫媽媽一看到了是我們，立時站住，所現出來的那種失望的神情，真叫人同情。可是她一開口所講的話，又實在令人無法不厭惡。

她竟然指着我嚷：「你說小寶很快就會回來，怎麼到這時候還不見他的蹤影？」

我自然不加理睬，看到有很多人自大屋之中湧了出來，放眼看去，豈正是警方人員而已，絕大多數人，是見也未曾見過的，女多男少，多半是兩家的親戚朋友，一起來助威吶喊的。

在最後的兩個人，遲遲疑疑，沒有別人那麼洶湧，那是黃堂和宋天然。

竟連黃堂這個高級警務人員也驚動了。我向鐵天音作了一個手勢，向黃堂走去，越過了那些人，不少人在我身邊七嘴八舌，聒噪不已，我一概不理。

來到了黃堂身前，宋天然尷尬地叫了我一聲，黃堂向屋內指了一指：「陳先生和陳太太報的案。」

我苦笑：「還不到六小時，警方就受理失蹤案？」

黃堂神情凝重：「他們報的是女兒遭到了拐帶。」

我心內又增加了幾分惱怒，這陳氏夫婦也未免太小題大做了。

我逕自走進屋子，只見老大的客廳上，一張沙發上，坐着陳太太，正在哭泣，陳先生繞着沙發，在團團亂轉，見到了我，抬起頭，一副欲哭無淚的神情。

我既然知道陳安安是為什麼會「蘇醒」的，自然也無法說什麼安慰他的話，因為事情會有什麼變化，我全然無法預測。

那時，那些人自屋外湧進大廳來，我不等任何人開口，就聲色俱厲地宣布：「這屋子，我也可以作主。你們喜歡在這裏，活動範圍限於大廳，黃主任，希望你的部下，執行任務。」

我說了以後，溫媽媽哇哇叫着抗議，我不理她，和黃堂，鐵天音向內走去，宋天然想跟進來，被我瞪了他一眼，嚇得他不敢再跟，四個警員立時阻止了所有人跟上來。

我帶着兩人，進了地窖，才算是耳根清靜。

黃堂沉聲道：「全體巡邏警員都接到了通知，也通過了電台、電視，籲請溫寶裕立刻回來，可是卻沒有結果，你有什麼概念。」

我苦笑，搖頭。

鐵天音對地窖中的一切，十分感興趣。地窖中有許多儀器，他都仔細地看着，我和黃堂互望着，一籌莫展。

正在這時，忽然一個十分低沉的聲音自角落處傳了出來：「我在樓上，以前那個滿是昆蟲標本的房間中。」

聲音雖低，但分明是溫寶裕的聲音，我不禁大是興奮，罵了一句：「這小子。」

大屋子中的一切，我十分熟悉，可以不經大廳上樓，一揮手，黃堂和鐵天音跟在我的身後，不一會就到了三樓。溫寶裕曾在這一層的一間房間中發現了超過一萬種的昆蟲標本。

溫寶裕把這批昆蟲標本送給了生物博物館，所以才和在博物館工作的昆蟲學家胡説，成了好友。我們才一上了三樓，就看到其中一間房間的門口，溫寶裕正在探頭探腦，一見了我們，立時招手不迭，低聲道：「快。快。」

他這樣緊張，倒也有道理，因為雖然在三樓，溫媽媽的聲音，還不時會隱約地傳上來，聲勢驚人，溫寶裕躲在三樓，看來事出有因，不能叫人發現。

他平時天不怕、地不怕，可是這時，也神情焦急，恍若大禍臨頭。

我一個箭步，就來到了門口，沉聲問：「人呢？」

他自然知道我所問的「人」是什麼人，剎那之間，他的神色更是難看，把門打開了些，向內指了一指，鐵天音在這時候，自我的身邊擦過，先進了房間。

他的身手如此之好，本來應該引起溫寶裕的詫異，可是其時溫寶裕顯然心慌意亂之至，他並沒有留意鐵天音的行動，只是一手抓住了我的手臂，抓得很緊。

黃堂也到了，我和黃堂一起進了房間，溫寶裕連忙關上了門，背靠着門喘氣。

房間中的光線很暗，絕大部分的昆蟲標本搬走之後，也顯得很淩亂。

我一眼就看到，鐵天音已到了房間的一角，正蹲在一個小女孩的面前，翻起小女孩的眼皮，仔細地察看着。

一看到了這樣的情形，我就遍體生寒——最可怕的情形發生了，陳安安又變成了植物人，唐娜的記憶組，已離她而去。

種種發生過的事，陳氏夫婦絕對無法接受，所以一切的罪責，都會落在溫寶裕的身上，除非溫寶裕從此躲在苗疆藍家峒中不出來，不然，說什麼也脫不了關係。

本來，我一看到了這種情形，確知溫寶裕惹下天大的麻煩，確然十分緊張。但等到想到他有藍家峒這個洞天福地可以避難，所以也就不那麼緊張了。

那時，他仍然緊抓着我的手臂，我反手在他的頭上，輕拍了兩下，示意他不必過分驚惶。

溫寶裕這才結結巴巴道：「你再……也想……不到……」

我「哼」地一聲：「早就想到了，唐娜的記憶組，進入了安安的腦部，現在又走了，你惹下了大麻煩，難以向人家父母交代。」

溫寶裕聽了，口張得老大，喉嚨發出一陣怪聲，在房間的人中，只有黃堂不知道事情的來龍去脈，所以聽了我的話之後，神情之怪異，不下於溫寶裕。

溫寶裕吸了一口氣：「你……見到了唐娜……她……告訴你的？」

我搖頭，向鐵天音指了一指：「是我和他一起推斷出來的結論。」

鐵天音這時，站了起來，嘆了一聲：「完全的植物人，真不知如何向她父母說明。」

溫寶裕忽然激動起來，雙手揮舞，提高了聲音：「她父母算什麼，你們知道了事情的經過之後，就會擔心，如何向全人類說明。」

溫寶裕言行雖然誇張，但是有一個特點，他故意誇張時，絕不掩飾，叫人一看，一聽，就知道他的誇張。

可是這時，他漲紅了臉，說的話雖然「偉大」（提及了「全人類」），但是他確然十分認真，並不是故作驚人之言，倒可以肯定。

我和鐵天音知道，他既然曾和「唐娜」相處，所知一定比我們為多，所以一起向他望去。他長嘆了一聲，在一隻木頭箱子上坐了下來，雙手捧住了頭。

心中充滿了疑問的黃堂，到這時才有機會問了一句：「究竟是怎麼一回事？」

我望了溫寶裕一下，看來他正在組織如何敘述，所以我趁機把發生在小安安身上的事，向黃堂作了說明。黃堂聽了之後，皺起了眉，顯然，他和我們一樣，立即想到的是，這件事要向陳氏夫婦作說明，十分棘手。

溫寶裕放下了雙手，現出一個不屑的神情，我沉聲道：「好，我們想到的是這幾個人的事，你放眼宇宙，關懷全人類，請你快把要說的話說出來，別再扮沉思者了。」

溫寶裕挺了挺身，向木然立在一角的安安指了一指：「當時十分混亂，忽然她跑到了我的面前，用力拉我的衣服，叫我的注意——」

當時，確然十分混亂，但是溫寶裕的心情，和我不同。我是上了「賊船」，心中怨氣沖天，又不能發作，那種難受法，得未曾有。

溫寶裕是隔岸觀火——後來他發了重誓，說他絕無半分幸災樂禍之心，也知道我十分難受，但是他卻覺得事情極富娛樂性，已經大笑中笑小笑了無數次，並且決定把我當時的狼狽相，廣為宣傳，不懷惡意，只是極熟的朋友間的取笑。

正當他興致勃勃，留意着我每一個表情，猜測我那時在想些什麼，忽覺出有人正在拉他的衣角，他低頭一看，是一個四五歲的小女孩。

當時在學校中，十歲以下的小女孩有七八十個，他自然不在意，只是握住了小女孩的手，順口道：「小妹妹，你父母呢？」

那小女孩卻用力拉他的手，同時大聲道：「我認識你，你是溫寶裕。」

溫寶裕怔了一怔，平時，他有時也頗為自我陶醉：「我也可以算是一個名人了。」

可是他連這點自知之明還是有的：一個小女孩，不可能認識他。所以，他大是訝異：「小妹妹，你——」小女孩的一句話，把他嚇了一大跳，小女孩道：「我是唐娜。」

溫寶裕一怔之下，抱起了小女孩來，小女孩直視着他，又肯定地道：「我是唐娜，伊凡的妹妹，我和伊凡去找衛斯理時見過你。」

溫寶裕錯愕之至，他的領悟力十分高，立即知道了是怎麼一回事。

他失聲叫：「你已死了？」

在那樣的情形下，這一句話，最能說明問題——幸虧當時十分亂，他的話，沒有別人聽得到。小女孩一聽，用力點頭，同時現出焦急的神情：「快，快，我帶你去找他們。」

溫寶裕感到又是興奮，又是刺激。他的古怪經歷，本已不少，也不乏刺激離奇的，可是這時，抱着一個「鬼上身」的小女孩，似乎比他在苗疆的山洞中，被滿身長了毛的女野人擄走，更怪異得多。

溫寶裕上次見唐娜，唐娜已是一個老得不能再老的人，死亡是理所當然的事，他也不會感到難過，反而替她慶幸，又找到了這樣活潑可愛的一個身體。

他不知有多少問題要問，一時之間，也理不出一個頭緒來。

及至聽得唐娜這樣說，他才問：「去見誰，有什麼要緊的事情。」

唐娜嘆了一聲：「一時也說不明白，見了他們，會詳細對你說。快走。」

溫寶裕總算在這種情形下還記得我，向我指了一指：「要不要對衛斯理說一聲。」

當其時也，我正像是傻瓜一樣，手執金剪，被一群肥瘦高矮不一的兒童保護神簇擁着。

唐娜現出了十分不屑的神情：「衛斯理變了，你看看他在幹什麼。我們有那麼重要的事要找他也找不到，他卻在幹這種無聊的事，走吧。」

一聽得唐娜這樣說我，溫寶裕這小子連屁也不敢放——我之所以會做這種無聊的事，完全是他這小子苦苦哀求的結果。

他連聲道：「走。走。這就走。」

他那兩句話，是直着喉嚨叫出來的，目的是希望我能聽得到。但結果，由於聲波互相撞擊抵消混雜，我並沒有聽到。

他又竭力跳高，做手勢，想引起我的注意，我也確然看到了他，可是全然不知道他想幹什麼，而唐娜又一再催促，所以他就不再等我，抱着唐娜離開了學校——在別人看來，他是抱着安安離開的。

一出了校門，就上了計程車，由唐娜吩咐司機，駛向郊區。當時，那司機用十分疑惑的神情，從倒後鏡中，打量着他們，並且一再詢問：「照小妹妹所說的地址去？」

溫寶裕一再肯定，司機才算放了心。

當學校門口，雙方家長，爆發了驚天動地的爭執之後不久，溫寶裕和唐娜下了車，唐娜拉着溫寶裕，向海邊飛奔而去。

車程大約半小時，在這半小時之中，溫寶裕和唐娜已經作了談話。他們的談話，那計程車司機在事後的感想是：「當時我雖然聽不懂，但是愈聽愈害怕，這一大一小兩個人……說的不是……人話。」

兩個人，一個自然說的是人話，一個說的鬼話，而兩個人的話加起來，就算把那司機的頭榨扁了，他也不會明白。

先是溫寶裕問：「我們去見誰？」

唐娜吸了一口氣：「我的父母，陶格，我和他們，再加伊凡，全是C型的玩具。」

溫寶裕連連點頭：「是啊，伊凡死了，他臨死之前說了一番話，又說衛斯理一定明白，可是他說不明白。」

唐娜現出熱切的神情：「伊凡說了些什麼？」

溫寶裕就把伊凡臨死時所說的那番話，重複了一遍，望向唐娜。他心想，唐娜的遭遇和伊凡一樣，她自然可以作進一步的解釋。

唐娜長嘆了一聲：「衛斯理不明白嗎？」

溫寶裕用力點頭：「圈套，是什麼圈套？」

唐娜的回答，卻令溫寶裕大失所望：「我只知道有這回事，可是不知道具體內容，所以才要帶你去見他們，讓他們告訴你！」

唐娜口中的「他們」，自然是指陶格夫婦而言，也就是在大風雨之夜，在客貨車中的那一雙更老的男女。溫寶裕更多疑問：「那晚上，車又無人駕駛，究竟是怎麼一回事？你和伊凡……」

他本來想說「你和伊凡死了」的，但是注意到了司機的神情之怪異莫名，所以沒有說下去，改口道：「他們反倒沒有事？一切，究竟是怎麼一回事？」

唐娜抬起頭來，默然半晌，才長嘆了一聲：「一言難盡啊。我離開他們，也有好多天了，不知道他們的情形如何。最可恨是那對姓陳的夫妻，我第一時間提出要見衛斯理，他們卻不加理會。」

溫寶裕對這種無頭無腦的話，只好憑他高超的領悟力來體會，他又問：「你不是不會長大的嗎？怎麼忽然衰老成那樣。」

唐娜道：「只知道未來世界出了事，出的是什麼事，我們不知道，因為我們一直只是他們手上的玩具，身在羅網之中，逃不出去，身不由主，是小孩還是老人，都由人家擺佈。」

溫寶裕大是感嘆，同時也安慰唐娜：「其實，豈止是未來世界的你們，就算是我們，還不是一樣，各種各樣的因素，在擺佈着每一個人。」

他並且還舉了一個近在眼前的例子：「連衛斯理，都被擺佈得去為少年芭蕾舞學校剪綵。」

溫寶裕說着，有不勝欷歔之情，而唐娜接下來的反應，卻大大出乎他的意料之外。

唐娜「啊」地一聲：「原來你早知道了。」

溫寶裕愕然：「我知道了什麼？」

唐娜道：「剛才是你說的，你們每一個人，也都受種種因素的擺佈，完全不由自主。我不是很清楚，但是聽父母說，人本來不是這樣，自從他們佈下了那個圈套之後，就人人鑽進了圈套之中，再也沒有一個可以倖免。」

溫寶裕一聽，當時就心頭怦怦亂跳，他自然立即就想起了伊凡所說的那番話——看來，正是有一個巨大的圈套，令得全人類無一倖免。

他急忙道：「請你說得明白一些。」

唐娜神情惘然：「我只知道那麼多，我……的智力……為了適合我的身分，一直不是很高，後來雖然在急速的衰老之中……知識有增加，可是所知還是很少。」

她說到這裏，現出抱歉的神情，又補充了一句：「我父母一定可以給你圓滿的解答——他們急着要見衛斯理，也就是想把這件重大的事告訴他，希望通過他，使人類有脫出這個大圈套的機會。」

溫寶裕聽得吃驚莫名，想起等一會就可以見到陶格夫婦，知道這個全人類都無法避開的大圈套的秘奧——那可能是人類自有歷史以來，最大的秘奧，他不禁心癢難熬，恨不得立刻就到達目的地。

他又問了一下那晚客貨車出事的經過，唐娜嘆了一聲：「他們——衛斯理見過的那種小……機械人，雖然仍一直把我們當玩具，可是在我們開始迅速衰老之後，我們都知道他們的能力也在迅速減退——如果他們的能力依舊，我們就不會老。」

唐娜說到這裏，仍不免現出駭然的神色，溫寶裕摩拳擦掌：「於是你們就開始反抗。」

唐娜皺着眉：「我不是很清楚……我和伊凡都小，但是我的父母，卻做了一些事，他們商量着，一定要來見衛斯理，那時，父母甚至可以利用小機械人……做事，例如叫他們駕車，可是機械人不是很聽話，那情形，有點像馴獸師和猛獸，馴獸師在一些事上，可以要猛獸聽命，但是始終敵不過猛獸。」

溫寶裕一時之間，也無法消化那麼多古怪之極的事，他只是不斷點着頭，並不提出問題來討論，因為唯有這樣，才能在唐娜的口中，得到更多的資料。

唐娜又道：「客貨車撞上一輛車子之後，兩個小機械人就發出黃色的光芒，罩住了我們，衛斯理在格陵蘭，就被這種光芒罩住過——」

溫寶裕道：「我知道這情形，凡被黃色光芒罩住的人，就會隨它們的意志移動。」

唐娜點頭：「是，可是由於它們能力衰退，一下子，伊凡竟掙出了光芒的範圍，跌了出去，它們也沒有再理他，只帶走了我和父母。」

伊凡何以會留在車子滾下山崖的現場，唐娜的話，自然是最好的解釋。事實上，當時的情形，我們經過分析，除了不知道小機械人能力大衰退的事實以外，其餘可推測的，都接近事實，可知我們的推理能力不弱。

唐娜吸了一口氣：「黃色的光芒把我們帶到了海邊的一個岩洞之中，光芒斂去，我身子才落在一塊岩石上，岩石十分清膩，我一個不小心，滑跌了下去，撞在另外一塊岩石上，我死了。」

那計程車司機在聽到了唐娜的這句話之後，陡然停了車，唐娜也在這時叫道：「到了。」

溫寶裕付車資，司機本來有點面無人色，可是看到了多出好幾倍的車資，他才吁了一口氣，忍不住問了一句：「剛才你們的……說話中，有好幾次提到了……衛斯理，你們就是他常說的外星人？」

溫寶裕不想多說，只是連連點頭，就和唐娜下了車。

他們向海邊奔去的時候，看到計程車在離去的時候，簡直和跳扭腰舞差不多。

唐娜帶着溫寶裕，在海邊奔着。這一帶的海邊，全是大塊的石頭，海水衝擊，濺起老高的水花，十分靜僻，不見人影。

不一會，唐娜就指着前面的一處臨海懸崖：「那山洞就在那裏。」

溫寶裕循她所指看去，不禁呆了。

她所指的那個所在，根本無路可通，要游水過去，才能到達，或是先攀上山去，再落下來，也可以到達。

這時，溫寶裕也想起了一個十分關鍵性的問題——照唐娜的敘述，她在進了那個岩洞之後就跌死了，所以她根本沒有出來過。

出來的，只是她的靈魂。

靈魂是用什麼方式離開的，不必深究，別說這小小的險阻，就是千山萬水，也阻不住靈魂的自由來往。

可是現在，她卻是頂着陳安安的身體回來的。

別說陳安安自小嬌生慣養，就算她天生是個體育健將，也沒做手腳處——溫寶裕身手靈敏，敢到苗疆去「盤天梯」，可是這時，不論是下水也好，攀山也罷，只怕都要大費周章，十分難以達到目的。

溫寶裕看了一會，回頭望向唐娜，搖頭道：「去不了，我和你，都去不了。」

唐娜皺着眉：「我想，我應該可以去，你在這裏等我，我去看他們。」

溫寶裕的思緒十分亂，剎那之間，他想到的事極多。

首先，他明白唐娜的意思——她去得了，當然不是身體去，而是她的靈魂，離開陳安安的身體，到那山洞去，看她的父母。

問題極多，之一，她的靈魂去了，她的父母如何和她溝通；人和靈魂之間，並沒有可靠的、必然的溝通方法。問題二：唐娜的靈魂，如果隨時可以離開身體，她為什麼早不去看她的父母？又為什麼不用她的靈魂和衛斯理取得聯絡。

他望着唐娜，只問了一個問題：「你可以隨意離開，為什麼早不離開？」

唐娜的回答十分簡單，但也是唯一的可能：「我害怕，我進入這個身體的經過……我並不能掌握，我怕離開之後，就再也回不來。現在你已知道了情形，我回不來，也不要緊了。」

（我們聽溫寶裕的敘述，聽到這裏，我和黃堂互望了一眼，只是苦笑——溫寶裕沒有想到唐娜回不來的大麻煩。但我又感到，溫寶裕沒有想到這一點是對的，他年紀輕，目光遠，放眼天下，正如他剛才所說，陳氏夫婦明白不明白，算是什麼，全人類如何明白墮入了一個什麼樣的圈套，那才重要。）

溫寶裕當時根本沒考慮別的，只是道：「好，你去。你會成功，自然也可以回來，我等你。」唐娜深吸了一口氣，走前幾步，伸手扶住了一塊大石，突然之間，就一動不動。溫寶裕握住了她的手，伸手在她的面前搖晃着，她只是機械地眨着眼。

溫寶裕心下駭然：一個植物人。

他當初想，唐娜一定倏去倏回，可是等了又等，等了五十二分鐘之久。這五十二分鐘，對溫寶裕來說，簡直比他一輩子等候的時間更久。這時，他總算想起，他抱了安安離開，已經很久了，久到足夠在學校引起天翻地覆的混亂了。

一想到了這一點，他就抱起了安安來，準備回來。同時，他也想到，自己根本不應該在此久等，早就應該回來，因為對靈魂來說，並沒有距離這回事，近在咫尺，和遠隔萬里，都是一樣，何必在這裏死等，惹安安的家長擔心？

他還十分輕鬆，抱着安安，來到了公路上，當他開始想截停來往車輛時，才陡然想起：自己抱安安出來的時候，安安伶牙俐齒，什麼都懂，抱回去的時候，卻變成了一個植物人，這如何交代？

他知道，事情會很麻煩，至少，暫時不能回學校去了。所以，當他截住了一輛車子，回到市區，他先回自己的那幢大屋。

這時，雙方家長，已經殺到大屋了，溫寶裕是從一條秘道進入大屋的——這幢原來屬於陳長青的大屋，由於建造者的特殊背景，留下了許多秘道，被溫寶裕發現了幾處，所以可以神不知鬼不覺溜進來。

第六部

可憐荒壟窮泉骨

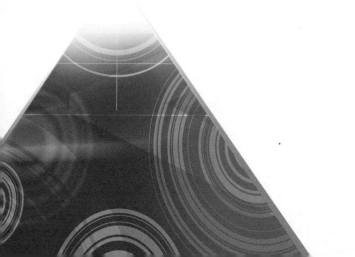

從他進入大屋，到我們來到，還不到一小時，溫寶裕見了我，自然如見救星。等我們到了地窖，立時出聲相邀。

（他在大屋各處，裝了許多隱秘的閉路電視，所以外面發生的事，他全然了解。）

他把經過説完，攤着雙手，一副任人發落的神態。

溫寶裕這種心安理得、毫不在乎的神情，除了證明他還沒有成熟之外，不能説明其他，我們三個成年人的反應，就和他全然不同，面面相覷，不知如何才好。因為溫寶裕帶走的安安，和帶回來的安安，大不相同。

除非唐娜的靈魂，或是再有什麼路過的孤魂野鬼，進入她的腦部，不然，溫寶裕擺脱不了關係。

而唐娜的記憶組再進入安安腦部的機會是多少？

在安安成為植物人的情形之下，溫寶裕除了躲在這大屋中之外，還有什麼辦法？

當時，我盯着他，設想着是不是可以使他的處境，有所改善，但結果是搖頭。

而溫寶裕居然還笑得出來，他道：「我知道自己的處境不是很好，但是愁眉苦臉，也沒有用處，這間大屋有許多秘道，足可藏身，就算有一百個人來搜索，都找不到我，也餓不死我，你們可以隨時和我聯絡。」

我叫了起來：「你就在這大屋中躲一輩子？」

溫寶裕眨着眼，要起無賴：「你不會讓我躲一輩子的，對不？不然，要朋友有什麼用？何況我的朋友還是神通廣大的衛斯理，還有高級警官黃堂，這位鐵先生，雖然是新相識，也必然非同凡響。在家靠父母，出門靠朋友，我有這樣的好朋友，怕什麼。」

鐵天音首先「哈哈」大笑：「我別的做不到，你在屋子裏躲上三年五載，所需的精神食糧，由我負責供應，還有，我負責這小女孩的健康保養。」

黃堂接着道：「我也可以做很多事，譬如避免大規模的搜索，發假誓說沒有見過你，等等，可以令你安心在這裏，和你的睡公主安享餘生。」

溫寶裕聽得兩人這樣說，這才笑不出來，苦着臉，向我望來。我來回踱了幾步，指着他道：「放心，把你弄到藍家峒去，倒不成問題，不過，你這一輩子，也別回文明社會來了。對了，黃主任，誘拐和嚴重傷人，刑事責任的追訴期是多久？」

黃堂悶哼：「至少二十年來。」

我一揮手：「我改正剛才的話，你在藍家峒生活二十年，光陰如箭，日月如梭，彈指即過，追訴期一滿，不就可以回文明社會了嗎？」

溫寶裕聲音苦澀：「別調侃我了。你們也不替我想想，我有什麼辦法？」

我沉聲道：「到那岩洞去。」

溫寶裕攤手：「有什麼用？唐娜離開的時候，我根本看不到她，不通過一個身體，她的……靈魂，看來無法和人溝通。」

我揚眉：「那麼，就算在岩洞之中，她見到了她的父母，也無法溝通的。」

溫寶裕這才大是煩惱：「我不知道，或許他們來自未來世界的人，與眾不同。」

我吸了一口氣：「你把那岩洞的所在，詳細道來。」

溫寶裕取過了紙筆，不一會，就畫成了一幅簡單的地圖，指出了岩洞的所在，並且註明了附近的地形。

我把紙摺好，向黃堂和鐵天音望去，用眼色徵詢他們的意見。

黃堂先搖頭，鐵天音大有躍躍欲試的神情，但是考慮了片刻，也搖了搖頭。

溫寶裕沉聲道：「我和你一起去。」

我並不需要人和我一起去，剛才只是禮貌上的詢問而已，所以我立時拒絕了溫寶裕的自告奮勇。我道：「不必了，你在這裏，好好照顧安安。」

溫寶裕煩躁起來，對着小女孩大叫：「你原來的靈魂在哪裏？快回來。」

他叫得聲嘶力竭，小女孩連眼也沒有眨一下。

我打開門，門一打開，溫媽媽的號叫聲，又隱隱傳了上來。溫寶裕嘆了聲：「如何我可以不露面，而使我媽媽不再保持亢奮狀態？」

也只有他才把他母親現在的情形，稱為「亢奮狀態」。

我自問沒有辦法，所以並不作聲，鐵天音卻答應了下來：「沒有問題，我是醫生，那是我的責任。」

溫寶裕走過來，雙手一起握住了鐵天音的手，用力搖着，竭力表現他心中的感激。

等到我們三人，又回到大廳時，由於我們的出現，約有兩秒鐘的寂靜，而接下來，所有人發生的聲浪，鋪天蓋地，銳不可當，其中最驚人的，自然是溫媽媽。

鐵天音逕自來到溫媽媽的身邊，在她耳邊說了一兩句話，溫媽媽立時停止出聲，杏眼圓睜，望定了鐵天音。鐵天音再附耳說了一兩句，只見溫媽媽不住點頭，又伸手拍着她自己的心口，分明是表示心頭一塊大石，已然落地。

鐵天音的「醫術」竟然如此精湛，令人佩服，我在眾人對我的包圍圈還沒有形成之前，向他豎了豎拇指，就一溜急步走了出來。

我走得心安，因為我知道，安撫了溫媽媽，混亂等於已平定了一半，而且剩下來的一半，比較容易控制。

在門口，我和神情焦急的宋天然作了一個請他放心的手勢，一出門，我就用最快的速度，遠離這幢大宅。

根據溫寶裕的敘述，我知道要到那個岩洞，需要有一艘性能相當好的小型快艇，我先回到家中，作了聯絡安排。

在不到半小時中，我花了一半的時間，望着我書房中的那具電話，心中躊躇，是不是要和在藍家峒的白素聯絡。使我下不定決心的原因是：我不知道該對白素說些什麼好。

自然，並不是沒有話說，而是一說話，必然是我說我的，她說她的——兩個人的想法，有了嚴重的分歧，這種情形，會產生「無話可說」的感覺。

最後，我長噓一聲，還是決定等見了面再說，而我在赴海邊的途中，也改變了決定這裏的事，告一段落，我先到藍家峒去，再到德國去看老朋友。

人的生活，會在剎那間有所改變，如果我不是在機場，忽然想起了一個細節，準備向鐵天音大興問罪之師的話，現在我已在赴德國途中了，而當時，怎麼也想不到會到海邊的一個岩洞中去。

我自然而然想起不久之前，白老大這個一生多姿多采之極的老人對我說過的話。他說，人的一生，就是一個探險的歷程，因為永遠無法知道，跨出了下一步，會有什麼意外發生。

溫寶裕的「地圖」畫得相當簡明，不多久，我的車子便到了無法再前進的海邊。

下了車，就看到海面上，有兩艘快艇，一前一後駛近，前面那艘，有人駕駛，後面那艘是被拖着的。

快艇近岸，駕艇的是一個小伙子，大聲叫：「衛先生，你要的船來了。」

我自岸上的一塊岩石，向後面的那艘快艇跳下去，小伙子又大聲叫：「小心。」

他可能長期在海上生活，和海風海浪聲對抗慣了，所以幾乎每一句話，都是聲音宏亮的喊叫。

等我落了船，他解開了拖繩，而我揮了揮手，等着快艇離去。

我則沿着岸，駕艇慢駛。沿岸全是經年累月、被海浪沖擊了不知多久的岩石，每一個浪頭湧上去，都形成無數水花，十分壯觀。

由於溫寶裕並沒有十分接近岩洞，只是憑唐娜的遠指，所以我只好盡量離岸遠些，去尋找我那個岩洞。岩石崖上，洞穴還真不少，太小的，自然不用考慮。

不一會，就見到了一個洞口約有三公尺高的大洞，海水自洞中湧進去又退出來，我小心駕着快艇，直駛了進去，洞中並不像想像中那麼黑暗。裏面相當廣闊，有一半，是海水進來時會淹沒，海水後退時會露出來的岩石，高低不平。

我躍上了這片岩石之後，一眼就看到，在一塊突出約有一公尺高的石塊上，有一個小機械人站着。

我對這種小機械人，絕不陌生，因為我曾吃足它們的苦頭，它們有着上天入地、無所不能的能力，絕不是人力所能相抗。

一見了這小機械人，我自然而然，生出了一股寒意，立時站定不動，嚴陣以待——這是一種十分悲哀的情形，我明知只要它一發動攻擊，我根本沒有抵抗的可能，但還是作出了全神戒備的自然反應。

約有兩三分鐘的時間，我緊張得除了盯着這個小機械人之外，什麼也感覺不到。海水湧進來又退出去，水淹到我的腿彎，我都不覺得。

那小機械人站在石頭上，一動也不動。

為了紓緩太緊張的神經，我大聲叫：「你為什麼不動？你想怎麼樣？」

明知這樣的呼叫，除了引起岩洞中的陣陣回音之外，沒有別的意義，但是叫喊了幾次，呼吸也略為暢順，思緒也比較靈活。我立刻想到，根據唐娜的説法，她是被帶進了岩洞之後跌死的，那麼，她的屍體，應該還留在洞中才是，可是我看不到有人——活人和死人都沒有，洞中只有我和那個小機械人。

唐娜的屍體，有可能在漲潮的時候被海潮捲走了，那麼，她的父母呢？是活着離開了這個岩洞，還是和唐娜的遭遇一樣？

可以給我答案的，似乎只有那個站立不動的小機械人了。

我深深吸了一口氣，一步一步，向前走過去。雖然只是十來步的距離，但由於那種小機械人給我的餘悸太甚，所以，每跨出一步，都像是經歷着一場生死的搏鬥。

當我終於來到了它的面前，到了伸手可及時，我額頭上的汗，淌了下來，甚至影響了我的視線。

我未曾和這種小機械人對過話，但是知道他們有接收人類思想的能力，我抹汗，揮手，喝：「你——」

我才說了一個字，由於揮手的動作幅度大了些，碰到了那小機械人，它被我碰得跌倒，而且在跌倒之後，竟然碎散了開來，碎開了無數小圓粒、小柱狀體、小方粒，和許多形狀難以形容的小粒子，其中最大的，也不會比針孔更大，一碎，就有一大半自石頭上滾跌了下來。

我反應算是快的了，連忙用手去接，也沒能接住多少。

眼看着那些細小的粒子——有的還和很細的細絲糾纏在一起，滾下了石塊，落到了岩石之上，一陣海水沖上來，都捲走了。我提起雙手，剛才由於極度的驚恐，手心都在冒汗，所以雙手之上，都沾了不少那種細小的粒子。

我凝視着自己的手掌，思潮翻湧，首先想到的，雖然後來細細想來，很覺得擬於不倫，但當時，突然想到的確然如此，人在思緒紊亂的時候，思路會不按常軌發展，常有很古怪的念頭冒出來，和深思熟慮、冷靜思考的時候，大不相同。

我在那時，首先想到的是什麼呢？我想到了白居易在李白墓前所作的詩句，所興的感嘆：「可憐荒壟窮泉骨，曾有驚天動地文。」

接着，我想到是……那個小機械人死了。用現實世界的觀點來看，機械人本來沒有生命，無所謂死或活。但是，那種小機械人來自未來世界，現在世界的文字和語言，無法對它有確切的形容。

對我來說，那種小機械人非但是活的，有生命，而且統治未來世界，把人類和地球上的其他生物都當作玩具。它們神通廣大之極，不但每一個都具有通天徹地之能，而且還可以通過「逆轉裝置」，自由來往於時間之中——它們就是通過了這個裝置，把陶格的一家，自未來世界放出來，放到現實世界來玩的。

所以，我想到，那個小機械人死了。若論死亡情況之慘，那麼，它的死法自然列為一級，因為那是名副其實的粉身碎骨。

它散裂成了數以萬計的小粒子。

我也知道，如今沾在我手上的那些小粒子，看起來，每一粒不會比我的毛孔更大，可是在每一粒之中，都曾經包含過不知多少信息，數以萬計的小粒子，當它們組合在一起，能夠有效運作時，就是一個上天入地、無所不能的一個小機械人。

而如今，只是一堆微塵一樣的小粒子。

我雙手用力在衣服上擦着，把沾在手心上的小粒子全都抹掉，同時，不由自主喘着氣。

那時，我腦中一片混亂，我只是繞着那塊石頭，團團轉着，勉力使自己鎮定下來。

在這幾分鐘之內，我再一次肯定，陶格夫婦不在這個山石洞之中，應該在這裏的唐娜的屍體也不在，而且，全然沒有他們曾在這岩洞中停留過的痕迹。

我也曾使自己的思想集中，希望能在這樣的情形下，唐娜的記憶組，可以和我接觸，但是也沒有結果。等到我可以開始有系統地思索時，我首先想到的是：那個小機械人，怎麼會死的？

以它的神通而論，現在世界之中，決沒有可以毀滅它的力量。

在現在世界中的小機械人，不只一個，這個死了，其他的是不是也死了？如果是這樣的話，那麼，是不是危機已經解除？

我曾在未來世界中，和一個穿着綵衣的老者相會，這個老者，以一種哀傷得心死的平淡語氣，告訴我未來世界是如何形成的經過，以及未來世界的情形，知道這種小機械人，在未來世界之中，還是統治層中最低級的一種，在它們之上，還有許多種不同的機械人，更神通更廣大，而最高層次的，則是「控制中心」——一切命令，皆由控制中心所發。那麼，如今的情形，是不是控制中心改變了命令，派出了更高層次、能力更強的機械人，來替代那種小機械人？如果是這樣，那就是危機非但沒有過去，而且，更加嚴重了。

可是，唐娜和伊凡，又都曾提及，未來世界出了問題。假設出了嚴重的問題，導致未來世界的控制中心無法運作，才令小機械人死亡，那又是幸事了。我思念電轉，剎那之間，作了種種假設，都愈想愈不着邊際，只覺得頭大如斗，忽然之間，長嘆一聲，感到寧願置身於鬧哄哄的少年芭蕾舞學校之中，雖然平凡瑣碎，可是何需像現在這樣，殫智竭力，去探索過去現在未來的奧秘，弄得一時全身發顫，一時汗涔涔下那麼痛苦，又一無結果，所為何來。

想到了這一點，我不禁長嘆了一聲，已經轉身向岩洞口走去。到了洞口，迎着海風，深深吸了一口氣。本來，以我的處事方式而論，必然會盡量收集那小機械人的「屍骨」，設法去作最詳細的化驗。

可是這時，我卻大有看透性情的靈感，知道那些小粒子，此際無非是一些不同種類的金屬，再也沒有研究的價值。需要研究的是，那種小機械人的死亡，是由什麼因素所帶來的。

慢慢地走向快艇，跨進了艇中，任由海浪搖晃，竟是一片惘然，想不出下步該如何進行，我一生的經歷之中，有許多束手無策的情形，但是從未有過如今那樣惘然，而且潛意識根本想放棄，不想再探索下去。

事實是，如果不是想到溫寶裕的處境十分不妙，如果整件事沒有新的突破，溫寶裕就會變成無法露面的「黑人」，我也早已把放棄的念頭，付諸實行，駕着快艇離開了。

而我那時所祈求的「突破」，老實說，也「胸無大志」，無意去破解伊凡臨死之前的那番話是什麼意思，無意去思索陶格夫婦的下落，無意去探究未來世界究竟出了什麼問題。

我只想能和唐娜的「記憶組」接觸，請她再進入陳安安的腦際，好讓陳安安伶俐活潑地回到她父母的懷抱，以解溫寶裕的困境。

可是，就是那麼一點子小的願望，想要實現，談何容易。我曾聽原振俠醫生說起過他的一段經歷。他的那段經歷是，他要找一個鬼魂，千方百計，要把一個特定的鬼魂找出來。

他曾在尋找的過程之中，和一個堪稱對靈魂學最有研究，也是和靈魂接觸最多的一個靈媒合作，那個靈媒的名字是阿尼密，是極神秘的非人協會會員。

連那麼出色的靈媒也感嘆：要隨便和一個鬼魂接觸容易，要和一個特定的鬼魂取得聯絡，極之困難，排除了偶然的因素之後，可以說，沒有一個人，可以通過他的腦部活動而做到這一點。

我同意他的說法，也就是說，不論我如何努力，我都無法主動和唐娜的靈魂聯絡。我唯一的希望，就是等得唐娜和我聯絡。

這是唯一的希望——我並沒有絕望，因為我知道，唐娜十分希望和我聯絡，只要有可能，她會用不同的方式，和我接觸。

她有可能直接和我接觸，也有可能進入安安的腦部，利用安安的身體和我交談。

這種情形，有可能出現，這是我為什麼在一籌莫展之中還留在海邊不離去的原因。

同時，我也想到，在最沒有辦法之中，還是有一種辦法可用，那就是最原始的笨辦法，或稱死辦法——這種辦法由於太笨，所以往往被人忽略（尤其是聰明人）。

笨辦法因事件不同而有變化，但是不論在多麼複雜多變的事件之中，必然有一個笨法子存在。像我這時的情形，笨辦法就是再沿海岸去找，看到每一個可以供人進去的岩洞，都進去看一看。

這樣進行，費時失事，可能一無所獲，也可能從此柳暗花明。

我檢查了一下快艇，有足夠燃料，可以供我進行，我就沿岸慢駛，一個一個岩洞去探索，有的岩洞，需要涉水，才能進入，我也不放過。到了第十七八個岩洞時，我有了發現，那是一個十分狹窄的小洞，如果不是我抱定了宗旨使用笨辦法，我會不屑一顧。

既然下了決心用笨辦法，那就要遵守笨辦法的進行原則——一切都按部就班，明知沒用的步驟，也不可省略，更不可取巧。

就是基於這個原則，我才涉了及腰的水，到了那個狹洞的洞口，着亮電筒，向洞中照去。

電筒光照射的範圍之中，有一個小機械人，站在洞中一塊凸出的岩石上，光射上去，頭部還在閃閃生光。

我對於這種小機械人死了也要站着的情形，既然已有經驗，也不會太害怕。但我還是相當小心，取了一小塊石頭，拋過去。

果然，石頭一砸中了它，它立刻無聲無息，散了開來，「粉身碎骨」了。

這個發現，給了我極大的鼓勵，我繼續沿岸駛，更大的發現，不在岩洞之中，而是在一大塊礁石之上，我看到有一個人伏在礁石上。

加快了快艇的速度駛過去，躍上了礁石，看出那是一個極老的老婦人，起先，我以為那是唐娜的屍體，可是將她翻過來之後，發現她的眼皮，還在跳動，雖然奄奄一息，已是死了九成，可是生命還未曾全部離去。那不是唐娜，是陶格夫人。

這個發現，令我欣喜莫名，此際沒有鐵天音在旁阻止，我托起了她的頭，看來，她連睜眼的氣力都沒有了。

我知道自己出手的力道，非拿捏得準確萬分不可。不然，一出手，不但不能令她「迴光反照」，反會使她的生命提前幾分鐘結束。

我五指虛捏成拳，中指隨時可以彈出，目標自然是她頭頂的「百會穴」。

當中國傳統的醫療術「針灸」已被肯定之後，人體內有穴道的存在，也已是不爭的事實，這種刺激「百會穴」而使垂死者有片刻清醒的古老方法，至少已有上千年的歷史，而且十分有效。自然，這種方法，並不能挽救垂死者的生命，有時，還會使死亡早一些來臨。例如，這時垂死的陶格夫人，可能還能拖上五分鐘，但是在刺激了穴道之後，她可能有兩分鐘清醒，然後生命就消失——等於說，她的生命，縮短了三分鐘，確然有一些在觀念上拘泥不化者，會認為那也是一種「謀殺行為」的。

我吸了一口氣，這時，我必須要陶格夫人清醒，因為伊凡和唐娜說不清楚的事，只有她和陶格先生才能告訴我，而我又無法找到陶格先生。深吸了一口氣，輕輕把中指彈出，陶格夫人雖然衰老之極，可是一頭濃髮還在，只是不如以前那樣，單是一頭秀髮，已美麗得叫人喘不過氣來，所以我用的力道，也不能太輕。

「啪」地一聲響，中指才一彈了上去，我就看到陶格夫人的眼皮，陡然跳動了一下。我忙握住了她的雙手，而且，也立即感到，雖然輕微無力，但是她也在回握着我的手，我再吸一口氣：「陶格夫人。陶格夫人。」

她的左眼，先睜了開來。看來，睜眼這樣簡單的動作，她也進行得相當困難——她始終未能把眼全睜開，而只是睜了一半。

同時，她的口唇，產生了顫動，這表示她有強烈的意願，想說話，可是她的身子太衰老，無法配合她要說話的意願。

本來，這種情形很正常，也完全在我的意料之中。可是她這時的情形，卻有說不出來的詭異。

在她努力想睜大眼和努力想說話時，自然同時也牽動了面部的其餘肌肉，也一起有所動作。可是所有的動作，卻都只集中在她的半邊臉上——甚至鼻孔的翕張，也只是一邊的鼻孔。

這情形，像是她一半的臉活了，而另一半臉卻已然死亡，情景詭異絕倫，尤其是這種情形，出現在一張老得不能再老的臉上，更加可怖。

我覺出，我的右手（被她的左手握住），緊了一下，她半睜開的左眼望向我，自她的喉際，發出了含糊不清的聲音，我極用心地去聽。

四周環境，本來十分靜寂，可是當要聽清她在說些什麼的時候，卻發覺風聲，濤聲，簡直震耳欲聾。而且還有許多莫名其妙的聲音在干擾，連我自己的呼吸聲、心跳聲，也使我聽不清楚陶格夫人的話。

那時，心情的焦急，真是難以形容，我連說了幾遍：「請你努力，我聽不清楚，陶格夫人，請你努力。」

陶格夫人左半邊臉上，抽搐得更甚，終於，我聽清了她說的一句話，而那句話，使我呆了至少有十秒鐘。

她說的是：「我是……唐娜。」

她是唐娜。

唐娜和陶格夫人同樣是一個衰老之至的老婦人，雖然說有一個「更老些」，但這樣的情形下，也很難分辨。我一發現她，就斷定她是陶格夫人，是因為我知道唐娜已經死了。

如今，她又說她是唐娜，難道唐娜的記憶組，在離開了陳安安之後，又回到了她自己的身體之中？

如果是這樣，那麼這種情形，就稱之為「回魂」或「還魂」，也不是沒有的。可是她的身體已經如此衰弱，而且她死了好幾天，身體早就應該敗壞了，居然還能回魂，這就十分怪異了。

那就是使我怔呆了大約十秒鐘的原因。

而就在那十秒中，情形又有了變化，只見她的右眼也開始睜開來，只睜開了兩三成，而她的右半邊臉，也有了動作，只是相當緩慢，不像左半邊那樣抽搐，一望而知十分焦切。同時，她的右手，正吃力地想揚起來。

這時，她臉上的神情更可怕了——本來是一邊有動作，一邊靜止，卻變成了兩邊的動作不一樣。

人的表情再千變萬化，但是這樣子的神情，連想也想不到，別說就呈現在眼前了。

而在她的喉際，所吐出來的話，卻更令我吃驚，她道：「見到你了，真好。」

這還不算奇怪，更怪的是，她說了這句話之後，忽然又叫：「媽，你在哪裏？」

然而，怪事還未到頂，問了一句「媽，你在哪裏？」之後，居然接下來的一句是：「唐娜，是你？」

我有忍無可忍之感——她說的話，一下子顯示是唐娜，一下子卻又表示自己是陶格夫人。雖然醫學上有精神分裂這回事，可是此刻，我卻沒有足夠的理智去從醫學的角度來分析。

我只是被這種怪異的現象刺激得有點失常，感到如果不大聲呼叫，就會爆炸，所以，我迎着海風，張大了口，狂呼亂叫了起來。

這樣的行動，確然能使得人的神智清醒。我大叫了三四下，就陡然止住了喊叫，只是喘着氣，盯着她看。因為，我已經完全明白，眼前的怪現象是怎麼一回事了。

老婦人是陶格夫人，可是唐娜的記憶組，卻進入了她的腦部。

本來，這種情形，被侵佔者的本身腦部活動，就會停止，可是這個情形，有點特別，人的腦部，分成左右兩個部分，唐娜的記憶組，一定是進入了陶格夫人的右半腦，而陶格夫人的左半腦，還在根據她自己的意志活動。

人體的一切活動，都由腦部控制，右腦控制左半身，左腦控制右半身，這是普通常識，所以她才會左右兩邊臉，出現完全不同的神情。

這種情形，在人的身體和靈魂的關係中，奇特之極，一定十分罕見。

當然，那時我弄明白了這一點，已是十分歡喜，不會去深究，我陡然喝道：「唐娜，你別說話，你的情形，溫寶裕已全告訴我了。」

情形是一個身體內有了兩個靈魂，而一個身體只有一個發聲組織，我急於聽陶格夫人說話，當然要阻止唐娜使用發聲組織。

我這樣說了之後，只見她的左眼，連眨了幾下，同時，又聽得陶格夫人在問：「唐娜，你在哪裏？」

唐娜則回答：「我在衛斯理的身邊，媽，你又在什麼地方？」她們在同一個身體之內，互相之間，自然無法看到對方，陶格夫人立即又道：「我也在衛斯理的身邊，這……是怎麼一回事？」

我知道時間寶貴，決不能由得她們母女「兩人」，再在這個問題上糾纏下去，因為那會浪費很多時間，我再次呼喝：「唐娜，你能不能不再講話？」

左眼又連眨了幾下，我疾聲問：「陶格夫人，你們要見我的目的是什麼？快說，我相信你能說話的時間，少之又少了。」

她喘了幾下，十分焦急地道：「時間顛倒了，未來世界……為了會有未來世界，他們……他們回到了過去……極遠的過去，作了安排……」

我聽得十分用心，雖然她用的語句，和伊凡不同，但是所說的一定是同一件事。

這是很難理解的事，如果我第一次接觸，一定莫名其妙，不知所云。

但是我已在伊凡的口中，知道了有這麼一件事，所以比較容易明白。

我說道：「是，未來世界的統治者，為了未來會有未來世界的出現，所以，利用時間逆轉裝置，到了過去，安排下了開創未來世界的條件。」

（我的這一番話，也不容易聽了之後一下子就明白。如果一遍就明白了，自然很好。如果一遍不明白，就多聽幾遍，也不是那麼難明白的。）

她連連點頭，氣喘得更甚，我想再去刺激她的百會穴，可是考慮了一下，沒有再敢出手。

她在努力掙扎着，企圖說話，可是卻難以成句。我急得搓手：「伊凡告訴我，有圈套，他們安排的圈套，圈套的內容是什麼？」

陶格夫人的右眼努力睜大，她的右半邊口角，也牽動得劇烈，喉際發出的聲音，卻仍然一點意義都沒有，我知道她快死了，可是也沒有別的法子。只見她的右手，十分艱難地揚起，指了指她的頭部，又要向我伸過來，我連忙湊過頭去，她的手，按住了我的頭頂——應該說，她的手再也無力揚起，垂了下來，恰好落在我的頭頂上。

我在這樣的情形下，居然還想到了溫寶裕，因此可知，我對這小子，確然十分關切，我急急道：「你們兩位的靈魂，在離開身體之後，隨便哪一位，請進入陳安安的身體去，請。」

我看到的情形是：右眼沒有反應，目光已然完全渙散，而左眼，卻眨動了一下，想眨第二下時，已經不能，陶格夫人死了。

照我的理解，身體死亡之後，靈魂就離體，我自然而然，四面張望了一下，但是我當然看不到她們的靈魂在什麼地方。

呆了好一會，我才把陶格夫人的屍體，推到了海中，一個浪花捲過，就捲了開去。

剛才，在發呆的時候，我在想：陶格夫人臨死之前，用她的動作替代語言，給了我答案，可是，答案是什麼呢？

她先指自己的頭，又把手按在我的頭頂上，這是什麼意思呢？

我對於打這類用手勢來表示的「啞謎」，不是很在行。若干年之前，在我和白素各自駕車交錯而過時，白素就向我作了幾個手勢，她要告訴我的是「有人在照鏡子的時候，在鏡中看不到自己」，我就怎麼想都沒有想出來，後來累得白素在日本，以謀殺罪被起訴，可知我在這方面的能力甚差。

所以，我想了一會，不得要領，就不再去想。一方面，仍然照我的笨辦法行事——我希望在發現了陶格夫人之後，還能發現陶格先生，也希望可以再發現多一些「死」了的小機械人。

同時，我又細細把陶格夫人、伊凡和唐娜的話，想了一遍，作初步結論。

陶格夫人的話，其實很容易理解：未來世界的主宰者，回到了過去，做了一些手腳，設下了圈套，使得世界的發展，到最後，會出現機械人作主宰的未來世界。

這個圈套，針對人類而設，而且，人人都躲不過去，圈套的內容，十分複雜，大圈套之中，還有無數小圈套。

人類顯然全跌進了這個圈套之中，因為未來世界在許多年之後，順利出現。至於後來，未來世界又發生了什麼事，那就不得而知了。

有了這樣初步的結論之後，我不禁苦笑，但同時也覺得很輕鬆——因為那是無法改變的事實，不論我如何努力，都無法扭轉未來世界，由機械人主宰的事實（我確知未來世界的存在），我沒有什麼可做的。

陶格的一家人，在知道了有這種的圈套存在之後，急於想說給我聽，那是把我看得太高了，我有什麼能力去扭轉世界上必然會來到的發展？

想到這裏，我長嘆了一聲，這時，快艇也已駛完了那一帶沿海的峭壁，並沒有進一步的發現。我唯一可做的事也做了——大聲疾呼，請唐娜的記憶組再進入陳安安的腦部，只要一小時就夠，把安安還給他們的父母，一小時後，安安再變成植物人，也就不關溫寶裕的事了。

上了岸，來到了大宅的附近，經由溫寶裕告訴我的一個秘道，進入了大宅之中，上了三樓，只覺得大宅中出奇地靜。

我推開了那間房間的門，只見陳安安，仍然像是一截木頭那樣站着。而溫寶裕則坐在她的面前，雙手抱膝，一副無可奈何的神情望着她，口中在喃喃自語。

我走進去，溫寶裕轉過頭，向我望來，解釋他的行為：「我在招她的魂，可是沒有結果。」

他的處境十分糟糕，居然還有相當程度的幽默感，當真不容易。

我伸手向下面指了一指：「那些人呢？」

溫寶裕苦笑：「散了。」

我揚了揚眉，一時之間，不明白何以那麼混亂的場面，居然在我一個來回，就會煙消雲散，溫寶裕接着告訴我，那是鐵天音的安排。鐵天音抬出了溫寶裕是「陶氏集團藝術基金會主席」，可以動用的資金，數以億計。

這一招，對身為小商人的陳先生，和作為小商人妻子的陳太太，十分有用，因為大商人是小商人永恆的偶像。像陳先生這種事業略有成功，甚至已超過了豐衣足食階段的小商人，最終目的，是想使自己成為大商人。

所以，他們在一知道帶走了他女兒的少年人，竟然有這樣的身分之後，心中所想的，立刻變成在生意上，可以和陶氏集團有什麼樣的來往，夫妻兩人，都面色通紅，但至多只有三分是為了擔心女兒，倒有七成，是為了可以攀附豪門而引發的亢奮。

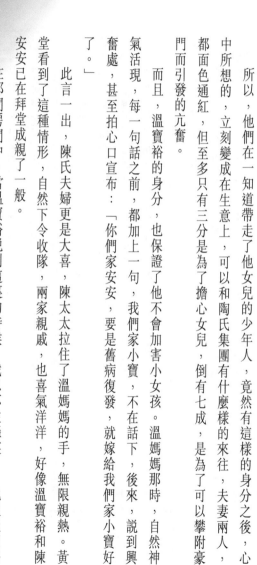

而且，溫寶裕的身分，也保證了他不會加害小女孩。溫媽媽那時，自然神氣活現，每一句話之前，都加上一句，我們家小寶，不在話下，後來，說到興奮處，甚至拍心口宣布：「你們家安安，要是舊病復發，就嫁給我們家小寶好了。」

此言一出，陳氏夫婦更是大喜，陳太太拉住了溫媽媽的手，無限親熱。黃堂看到了這種情形，自然下令收隊，兩家親戚，也喜氣洋洋，好像溫寶裕和陳安安已在拜堂成親了一般。

在那間房間中，當溫寶裕說到這裏的時候，我忍不住轟笑——他通過閉路電視，下面大堂發生的事，他都立刻知道，據他說，他一聽到他的令堂大人，向陳氏夫婦作了這樣的保證，驚駭得足有三分鐘，連心臟都不敢跳動。

我一面笑，一面看着哭喪臉的溫寶裕，又看了看木頭一樣的陳安安，仍然覺得好笑，調侃他道：「好啊，妻子是植物人，保證不會意見不合。」

溫寶裕雙手抱住了頭，悶聲叫：「上天保祐你們夫妻天天吵架。」

溫寶裕自然不是有心詛咒我，而且，就算是有心詛咒，也不會變真的。

可是他的話，卻真的觸動了我的心境——我感到我和白素的意見不合，幾乎已無可避免地會演變成一場劇烈的爭吵了。

而那使我感到戰慄，因為我知道，我和白素，不爭吵則已，一旦發生了爭吵，那就會無可收拾，所以，可以讓爭吵不發生，我願盡一切努力。

那時，我默不作聲，當然，也笑不出來，神情也陰森得很，溫寶裕不知我的心事，他感到奇怪。

過了一會，我才嘆了一聲，把我的經歷，向他說了一遍，道：「我請求唐娜的靈魂，再進入安安的腦部。如果那樣，安安當然不是『舊病復發』，令堂的承諾，也就自動取消了。」

溫寶裕苦笑，指着安安：「你看她這樣子，唐娜的靈魂，不知飄到哪裏去了。」

我只好安慰他：「等多幾天看看。」

溫寶裕焦躁起來，狠狠地道：「唐娜的靈魂如果不來，我就設法找能人招魂，不管是什麼孤魂野鬼，兇魂厲鬼，只要肯借身還魂的都好，好歹有一個會說話走路的女兒還給他們就完了。」

溫寶裕這時所說的，我只當是他心情不佳，說的狠話，沒想到後來，事情的發展，竟然十分可怕——那當然是另外一個故事了。

他說了狠話之後，又嘆了一聲：「鐵醫生教了我如何照顧一個植物人——安安的情形比較特殊，其實她不是植物人，她可以動，只是腦部完全沒有思想，你推一推，她就會動，像是一個活的玩具。」

溫寶裕這時，說到「玩具」，不知是有意還是無意。我揮了一下手：「我急着到苗疆去，可不能陪你等唐娜的靈魂了。」

溫寶裕拍胸口：「放心，也到了給我獨力處理事情的時候了。」

他雖然皺着眉，可是在這樣說的時候，充滿自信，看來艱難的環境，會使人較易成熟。我離開了大宅，回到住所，神思仍不免恍惚。

一進門，我就大吃一驚——身軀龐大的溫媽媽，端端正正，坐在沙發上，和沙發渾然一體。一時之間，我連門也忘了關，可是我也立刻感到事情有點不對：為什麼那麼靜呢？溫媽媽所在之處，必然有耳膜可以抵受極限的聲波衝擊，何以現在那麼靜？莫非是一進來，耳膜就被震破，以至什麼都聽不到了？

正在我疑神疑鬼時，我見到了另一個人，鐵天音正站起來，向我道：「衛先生，請告訴溫太太，溫寶裕和陶先生在一起，決不會有事。什麼時候回來，不知道。」

我不知發生了什麼事，但是立即照鐵天音所說的話說了，溫媽媽十分高興，笑容滿面，用聽來很溫柔的聲音道：「你們兩位都這樣說，那是靠得住的了，小寶這孩子，行事有點出神入化。不過，倒也真是人見人愛。」

鐵天音忙道：「有出息的青年人，都是那樣的。」

溫媽媽更是眉開眼笑，站了起來，蓮步輕移，向外走去，到了門口，轉過身來，向鐵天音道：「謝謝你的指點，謝謝你。」

鐵天音笑：「我是美容專科，使美麗的女性長期維持美麗，是我的責任。」

溫媽媽心滿意足地離去，我望向鐵天音，掩不住欽佩的神色。鐵天音失笑：「簡單之極，我只不過以專家的身分告訴她，每大聲講一百句話的結果，是可能在臉上出現一條皺紋——我保證她以後再也不會發出過高的聲音。」

我也覺得好笑：「不止這一點吧。」

鐵天音更笑：「這年頭，有財有勢真好，我告訴她，小寶帶着安安，去見陶氏集團主席，是陶超級巨富見了他們喜歡，帶着他們度假去了。」

鐵天音居然撒了這樣的一個彌天大謊，令我瞪着他，說不出話來，鐵天音也望着我。我想了好一會，也覺得這種處理方法，對我來説，匪夷所思，但確然是十分好的好辦法，除此之外，沒有別的辦法可以使溫、陳兩家對他們的孩子暫不露面不作追究。

對望了半晌，我們同時笑了起來——人各有不同的性格，所以也產生不同的處事方法，我對鐵天音了解不是太深，這算是我對他的第一次認識。

我再把在海邊發生的事説了一遍，鐵天音沉吟不語，緩緩搖頭：「捱得一天是一天，真正不行了，只好另外想辦法。」

我揮手：「我要到苗疆去，不管什麼圈套不圈套了。」

鐵天音又想了一回：「小機械人死了，是不是表示未來世界已經完結？」

我沒有回答，因為沒有誰能回答。

鐵天音忽然又伸手指着他自己的頭，再指我的頭，這正是陶格夫人臨死時的手勢。他再把手放在他自己的頭上：「顯然，圈套和人的頭部有關。」

第七部

茫茫宇宙人無數

我瞪大了眼睛——並不是我不同意他的話，而是覺得他說了等於沒有說。

鐵天音急速地來回走動，可以看得出，他想到了什麼，可是卻又抓不住中心，所以十分着急，他轉了足有三分鐘，才又重複了剛才的話一遍。

然後，他又打起轉來，忽然又站定，大聲道：「假設圈套置於很久之前，那時，人還是原始人。」

鐵天音顯然是想把事情在只有很少資料的情形下，作一個全面性的假設。一般來說，這樣做，吃力不討好，但對於分析能力特強的人來說，自然是例外。

所以，我向他笑了一下，鼓勵他說下去——在才一開始的時候，鐵天音多少還有點猶豫不決，但這時，則已充滿了信心。

他先用力揮了幾下手，才道：「我的假設，請用最簡單的方法去接受，別在邏輯上糾纏，不然，會愈來愈糊塗，不能理解。」

我向他作了一個「請說」的手勢。

鐵天音又重複了一句：「假設它們在人類還是原始人的時候，就佈下了圈套，目的是使未來世界出現，而結果，未來世界果然出現了，這說明了什麼？」

我回答得很快：「說明他們的計劃成功了。也就是說，他們的圈套成功了。」

鐵天音抿着嘴，用力點了一下頭：「這就是伊凡所說，『沒有人逃得出』的意思，因為人類的發展，完全是依照它們佈下的圈套在進行。」

我皺起了眉，我已經隱約感到他想說什麼了。

鐵天音繼續道：「未來世界，是由機械人替代了人類，成為世界的主宰。而機械人不會自己產生，是由人類製造出來的，人類從原始人到懂得製造機械人，一直以為那是人類的進步，卻不知道已進入了圈套，正在不斷地自掘墳墓。」

鐵天音用十分低沉的聲音，語調也不急不緩，但也還可以顯示他心情的沉重。

我一面聽他的分析，一面心念電轉，知道我所想到的，和他的分析，已十分接近。

他深吸了一口氣，停了片刻：「人類從原始人開始『進步』，變成了文明人，開始的時候，自掘墳墓的行動還相當緩慢，到後來，卻愈來愈快——記得一句對近六十年人類進步的評語嗎？」

我點頭：「是，當美國太空船登陸月球時，科學界一致認為，人類近六十年的進步，比過去六千年更多。因為從有正式紀錄的第一次飛行，到人踏足月球，只不過花了六十年的時間。」

鐵天音不勝感慨：「科學文明的進步速度，以幾何級數在加速，終於，未來世界出現了，一切都依照圈套的安排進行。試想，最初，當人類還是原始人的時候，未來世界的主宰，安排了什麼樣的圈套，才能達到目的？」

他望向我，我也望向他。

我們互望了好一會，才同時開口，聲音都高亢得有點異樣：「智慧。它們給了原始人……智慧，引誘人類走進發展文明的圈套。」

在我們這樣說了之後，鐵天音氣息急促，說的話也快了起來：「那是最原始的大圈套——原始人一有了智慧，就開始發展文明，而各種各樣充滿了智慧的文明，同時也附帶產生了各種各樣充滿了智慧的罪惡，人類的各種大大小小的罪行，都是人類有了智慧之後才產生的。」

他說到這裏，神情變得十分激動，甚至連臉色也變得青白。

我和他的想法一樣，可是由於長期的文化背景影響，所以想到的略有不同。

他胸脯起伏，雙手握着拳：「未來世界主宰，佈下的圈套，就是在伊甸園之中，蛇所做的事。上帝不讓人類去碰禁果，可是蛇卻引誘了人類。」

他說到這裏，頓了一頓，又一字一停地道：「他們二人的眼睛就明亮了。」

我知道那是基督教《聖經》上的句子，鐵天音又道：「眼睛明亮了，就是有了智慧，也就是踏進了圈套。」

我緩緩點頭，一字一停地念：「絕聖棄智，民利百倍。絕仁棄義，民復孝慈。絕巧棄利，盜賊無有。」

鐵天音點頭，表示他明白我念的，是老子《道德經》中的句子。

我道：「聖、智、仁、義、巧、利，全是人類有了智慧之後的產物，也不是全人類個個都進了圈套的，至少李耳先生，就早看穿了那是一個圈套，可惜沒有人聽他的，或是入迷途太深，根本不知道他在說什麼。」

鐵天音大是感嘆：「故絕聖棄智，大盜乃止——莊周先生也明白，明白人類的行為非徹底在根本觀念上予以改變不可，但是，少數人的覺醒，畢竟敵不過精心佈下的圈套，人人洶湧地向圈套中擠進去，名的圈套，利的圈套，權的圈套，智的圈套，進步文明的圈套，科學飛速發展的圈套——」

他略停了一停，我接了上去：「流芳百世的圈套，想君臨天下的圈套，唯我獨尊的圈套，無窮盡追求的圈套，大大小小，一個套一個，最後，人類就到了被毀滅的境地，機械人主宰了一切。」

鐵天音一攤手：「就是這樣。」

我吞了一口口水：「所以，陶格夫人臨死之前，才用手指了指自己的頭，她指的是腦，一切人類的智慧，皆從腦部產生。」

鐵天音又重複了一句：「就是這樣。」

我受了他的感染，也在心中說，就是這樣：人類在有了智慧之後的一切發展，都是早已安排好了的，人類互相殘殺，普通智慧的人受到超級智慧的人役使，完全不能掌握自己的命運，而超級智慧者也一樣，他們的命運，也早受圈套所控制，看看人類歷史上的偉人智者，他們的行為，簡直愚蠢到無以復加的程度。

就是這樣，可以說全人類都不能避免，就算看出了這是個圈套的人，也不能避免。

想到這裏，我不禁苦笑。陶格的一家人知道了這一點，想告訴我這件事，我就算知道了，又有什麼用呢？

全人類進入了大圈套，如果是才開始，或許還有得救。而現在，人類文明已開始了六千年，要人類「絕聖棄智，絕仁棄義，絕巧棄利」那是絕無可能之事！

就像是人墮進了浮沙之中。才開始或者還可以獲救。到如今，不但已經沒頂，而且還陷下去了幾千尺，怎麼還能脱身而出？

鐵天音想到的，一定和我相同，這可以在他那種古裏古怪的神情上看出來——人所面對的事，如果是有可能做得到的，那就會咬緊牙關，下定決心去做。如果是明知絕無可能做得到的，就根本不會去做，雖然無可奈何，但也有異樣的輕鬆。

這時，我和鐵天音，都非常相信我們的分析，但是也明確知道，絕非我們的力量能挽回！

所以，我們在互望了一回之後，就不約而同，都「哈哈」大笑了起來。呆了好一會，鐵天音又道：「整個人類的文明大進步，是一個大圈套，而每一個人一生短暫的生命，是小圈套，沒有什麼人可以脱得出，反倒是既愚且魯的人，會有希望，聰明人，智慧者，都無可避免地在圈套之中打滾，罕有能滾出來的——」

他說到這裏，忽然停了一停，有點像喃喃自語：「像我父親那樣，算不算是從圈套之中滾了出來呢？」

他向我望來，我卻無法回答他的問題。他父親鐵大將軍，曾經手執兵符，統率雄師百萬，威名赫赫，權勢無限，可以說是人類中出類拔萃的人物，為眾人所欽仰，但是結果又如何呢？結果是，隱居在人所不知的小鄉村之中，度其餘年！

我想了一會，緩緩搖頭：「像令尊這樣的情形，大多數會遁入空門，據說，當年縱橫天下，斷送了大明江山的李闖王，也以當和尚告終。」

鐵天音苦笑：「他倒沒有想到這一點，可是真正看透了性情，倒是真的。」

我長嘆一聲，沒有說什麼，因為我不信鐵大將軍真的「看破世情」——我也根本不相信在全人類之中，時至今日，還會有真正看破世情的人在。舉我自己為例，道理我全懂，而且懂得十分透徹，可是我就做不到真正的看破世情，非但看不破，而且還熱中得很，積極參與，享受人生，離看破性情，差之遠矣。

當下，我們又說了一會，我拍着鐵天音的肩頭：「我要到苗疆了，溫寶裕那邊，你多照應他一點。」

鐵天音笑：「好，可是陶大富豪那裏，你要去打一個招呼，不然，溫媽媽心血來潮，找上門去，可就拆穿西洋鏡了。」

我答應，花了十分鐘，就辦妥了這件事，鐵天音送我到機場，到分手時，我又道：「你能和原振俠醫生在同一個醫院，真是幸事。」

鐵天音笑：「這位原醫生，是世界上最不務正業的醫生，我到醫院工作已經大半年了，竟連一面也未曾見過他。」

我也感到好奇，像原振俠醫生那樣，上天入地，算是逍遙自在之至的了，他是不是知道，自己也一直在圈套中打轉呢？

我忽然又想到：我呢？我自己又知道不知道？而且更主要的是：知道了又怎麼樣？有什麼方法脱身？即使不想全人類脱身，只求自己脱身，能不能做得到？

在航程中，我不斷在想着這些問題，神思恍惚，也自然沒有結論。

到了那個小機場，我見到了白素，由當值警官陳耳陪着她，看來愁眉不展，悶悶不樂，那架直升機，就停在機場那一角。

我急步奔向她，她也迎了過來，兩人相擁着，我不知有多少話要向她說，她看來也有很多話要對我說，但兩人都不知該如何說才好。

好一會，我才道：「小人兒呢？」

對女兒，仍然沿用當年的叫法，白素聞言，長嘆了一聲：「她不肯跟來。」

那時，我們仍然擁在一起，我只感到，白素全身乏力地依在我的身上，從她的聲音、神態來看，她實在是疲倦之極——我從來也不知道，她竟然也會如此疲累。

那使我感到十分難過，因為不論是為了什麼，都不值得她這樣心力交瘁地去應付，不值得！

剎那之間，我百感交集，最主要的，自然是對白素的愛憐，我嘆了一聲：「怎麼一回事，好像快樂已經遠遠離開了我們。」

白素垂着頭，我看到她長長的睫毛在不住抖動，她努力使自己的聲音聽來平靜：「誰說的，我……沒有……不快樂。」

我又嘆了一聲，盡量使自己的聲音聽來平靜：「為了我們的小人兒？」

白素不出聲，也不否認。

我嘆了第三聲：「你安排了一個計劃，要把另一個人完全納入你的計劃之中，這種行為，必然失敗。」

白素的聲音無奈之極：「可她是……我們的女兒。」

我提高了聲音：「誰也不行，就算你的女兒自小在你身邊長大的也不行，別說她是由猴子養大的。」

白素默然不語，我擁着她向直升機走去：「要安排人如何在計劃中生活，人做不到，只有未來世界的主宰才做得到，事實上，人類的所謂歷史文明的進化，就是一個計劃，一個圈套。」

白素抬起頭來，用疑惑的眼光看着我：「你又有了什麼奇怪的遭遇？」她對我了解深切，知道我忽然有了這樣的議論，自然是有了新的經歷之故。

我略想了一想，在登上直升機之後，就開始把我的遭遇，向她說了一遍。

等到我把經過講完，直升機正在千山萬巒的上空飛行，白素看來，正在專心駕駛，但是我知道她一定在思潮起伏。過了一會，她才道：「這一切，只不過是你和一個朋友，根據少量資料而作出的大膽假設。」

我點頭：「是，我們所得的資料極少，也不知道未來世界發生了什麼問題，使小機械人死亡和失去了它們對陶格一家的控制。但是陶格一家所透露的信息，已足可以作出假設。」

白素又靜了片刻：「事實上，我很佩服你們所作出的假設，也可以投贊成票。」

我伸手在她的手背上輕拍兩下，表示我的欣慰。

白素又道：「可是我卻看不出，這件事，和我們切身的問題，有什麼關係。」

我自然知道，白素所謂「切身問題」，是指我們對紅綾的態度問題。這一點，我在旅途上，已經想了好多遍，早已有了答案。

我道：「如果全人類都進了早已安排好的圈套，一切的行為都在圈套之中進行，那麼，我們的女兒紅綾，就是極少數，能夠脫出圈套的人之一，因為她自小就和人類社會完全隔絕，我不知道這一點有什麼意義，或許，將來未來世界解體崩潰，就靠這極少數未入圈套者的努力，如果她自己喜歡把自己納入人類生活的範疇之中，那沒有話說。既然她不喜歡，又何必非把她也拉進圈套來不可呢？」

我一向喜歡長話短說，但是這個「切身問題」，關係到了兩個和我關係最密切的人，我也不免長篇大論起來。

白素望了我一眼：「你怎麼知道她不喜歡？」

我嘆氣：「從你的神態上可以看出來，你已經筋疲力盡了。告訴我，你們之間的關係，壞到了什麼程度？」

我一問，白素先是震動了一下，然後，神情黯然之極。這不禁令我大吃一驚，失聲道：「你們……不至於互不理睬了吧？」

白素聲音苦澀：「更糟。」

若不是身在直升機的機艙之中，我一定直跳了起來。我瞪大了眼，望着她，白素嘆了一聲：「早幾天，她離開了藍家峒，和一群猴子，不知跑到什麼地方去了，好不容易盼到她回來，卻遠遠看到我，就奔了開去，當真是望風而逃，我真的那麼可怕？」

白素的話，令我又是難過，又覺得好笑。

白素努力想把自己的女兒訓練成文明人，開始，紅綾由於好奇，也很有興趣，但顯然，白素的努力，很快就不被接受。

紅綾要按照自己的方式來生活，不肯接受他人的安排，即使是親如母親的安排。

我正想說「由得她去吧」，白素接下來的話，真正令我大驚失色。

白素道：「這孩子，她縱躍如飛，要避開我，我哪裏追得上她？我想過了，把良辰美景找來，請她們兩人，不離左右看着她，不能由得她去野，老和猴子在一起。」

一點也不誇張，我聽了之後，冷汗直冒，雙手亂搖，一時之間，竟至於一句話也說不出來，好一會，才發出了一下嘶叫聲：「萬萬不可。由得她去。」

白素道：「她是人，總得過人的生活。」

我疾聲回答：「她是一個不在圈套中的人，沒有必要和別人一樣。」

白素的神情委曲之至：「良辰美景在那樣奇特的環境中長大，她們也知道到瑞士去求學。」

我說得十分緩慢：「如果你認識到人類一直在追求的一切，在歌頌的一切，都不是人的本性，都只是為了能在未來世界出現，都只是人類在自掘墳墓，那麼，你就會為我們的女兒慶幸，她會是陰謀詭計的倖存者。」

白素呆了片刻，這時，直升機在藍家峒的上空盤旋，並不下降。白素道：「你這種想法太古怪了，我實在無法接受得了。」

我攤開手：「沒人要你接受，只是要你不再做吃力不討好的事。相信我，紅綾很快樂，我們作為父母，何必要她到文明世界去爭名奪利，出人頭地？」

直升機陡然傾斜，迅速下降，不一會，就降落在藍家峒的空地上。

我才一探頭出機艙，就看到了奇景。我看到十二天官，圍成了一個圈子，把紅綾和兩隻銀猿，圍在中心，看樣子是不讓突圍。

紅綾和銀猿在包圍圈之中，左衝右突。十二天官各有非凡的技藝，只見人影縱橫，耀眼生花，雙方的勢子，都快疾無倫。

倏忽之間，只聽得紅綾一聲長笑，已和兩頭銀猿，三條身形，電也似疾掠出了三丈開外。

然後，陡然收勢，二猿一人，摟作一團，不但紅綾在哈哈大笑，連兩頭銀猿，也在發出類似人笑的「咯咯」聲，令人駭異。

我早就看出，十二天官的身法雖然快，而且合圍之時，還大有陣勢，但是也圍不住紅綾，紅綾先不突出，只是在逗着好玩。

這時，看十二天官時，神情狼狽，很有幾個累得臉紅氣喘的。

白素在我的身邊，躍到了平地上，十二天官看到了她，都有尷尬的神情現出來——這種情形，一望而知，是白素離開的時候，曾要十二天官看住紅綾，可是結果是十二天官根本看不住紅綾。

我也一躍而下，只覺得高興莫名，和白素大有懊喪的神情，完全相反。我是真正感到高興，看到紅綾拍着手，又笑又叫的情形，我才知道什麼是天真爛漫，什麼是真正的快樂。她的快樂，渾然天生，完全不受任何羈絆，她的快樂，是肆無忌憚的，無拘無束的，這種境界，據稱要經過不知多麼辛苦的修為，才能達到目的，但紅綾卻早已獲得了。這豈不就是人生的最高境界？

我心中高興，一面鼓着掌，一面向紅綾走去。這時，白素也走向紅綾，在又叫又跳的紅綾，一看到了白素，竟一下子就靜了下來，睜大着雙眼，雖然她沒有什麼特別的動作，但是那種戒備之情，誰都可以看得出來。

我看到了這種情形，心往下一沉，走近白素，低聲道：「看，你成了快樂的破壞者。」

白素不說什麼，站定了腳步，我也不向前去，只是向紅綾招手——因為她如果不想接近我，我也追她不上，她如果想接近我，自然會走向我。

紅綾遲疑了一下，慢慢向我走來，一面仍不住地望白素，大有忌憚之色。

我抓住了她的手，笑：「媽媽的功課太多？」

她立時大點其頭，口中咕咕發聲，我抓摸着她的頭髮：「看來，你還是一個野人。」

紅綾咧着嘴笑，我不禁感嘆：「一個快樂的野人，比一個不快樂的皇帝更幸福！」

白素也上來握住了紅綾的手，看來她們之間的衝突，未至於不可開解，實在是白素對紅綾的要求，太不符合紅綾的本性了。

後來，我才知道白素要紅綾學的知識之多，實在令人吃驚，終於使紅綾叫出了：「這些知識都沒有用處，一點用處也沒有。」從此拒絕再學。

當天晚上，我、白素、紅綾和那兩頭銀猿，在溶溶的月色之下，紅綾已經睡着了，白素道：「我要把她帶到文明社會去。」

她說這話的時候，堅決之至，顯得毫無商量的餘地。

我想了一想：「好，但是以一年為期，如果她不喜歡文明社會，要回來，就要由得她。」

白素深深地吸了一口氣，揚起掌來，我們兩人，就擊掌為誓。

大家當然可以想得到，紅綾到了文明社會，會生出什麼事來——當時，我也以為我可以想得到。可是結果，我所想到的，根本不對，也就等於，我什麼也想不到。

當然，那是另外幾個故事了。

而且，在紅綾去到文明社會之後，在苗疆，又有意想不到的事發生，是另一個離奇的故事——會按照事情發生的次序來敘述。

我在藍家峒三天，實在不捨得離開，紅綾雖然抗拒學習，但是她天資聰穎，過目不忘，懂得的東西，當真不少，在我要白素和我一起到德國去時，白素不肯，她道：「我保證不再要她做她不願做的事，用你的話，把她和全人類分開來，只有她一個人不在圈套之內。」

白素的話，多少仍有點晦氣，但她已經作出了這樣的承諾，我也就不好再說什麼了。而且，我也沒有理由不相信白素的承諾，雖然她在這樣說的時候，有好幾次並不直視我，像是有意在規避我的視線——這種情形，使我知道她必然另有一些話，未曾向我說出來。

我當然可以向她追問，但是一來，人與人之間，要是一方面有話不說，而要有勞另一方追問，那是人際關係之中最無趣的一環，我不會那麼做。

二來，白素算是已對我作了最大的讓步，這已是她的性格所能做到的極限了。

同時，在苗疆的三天，我十分感慨，我和紅綾之間，本來就只有血緣的關係，不可能在短時間內，建立起正常的父女關係。白素總算努力使她對父親這種生物，有了基本的認識。而我也沒有硬要她做不願做的事，所以她看到我，還不至於要躲避。但是我自己心中明白，我在她心中的地位，絕不如那兩頭銀猿之中的公猿。

我自認生性豁達，能把多年不見的女兒在這樣的情形找回來，已經心滿意足，不會去強求其他，令我感慨萬千的是，我和白素之間，卻因此生出了一層無形的隔膜。

我們都知道，雙方都十分努力，想打破這層隔膜，可是任何的努力，看來卻又如此軟弱無力。

我們並不放棄努力，可是對這種情形，卻又無可奈何。我曾在一個晚上，向紅綾提到文明社會中的一些生活情形，紅綾睜大了眼，聽得十分用心。

她有一項相當特異的本領，能把她腦中所產生的印象，十分精確地畫出來。這使我們之間的交談，變得十分有趣，譬如我向她說汽車，先是通過語言，使她明白汽車的外形，她就根據自己的領會，把汽車畫出來——她第一次畫出來的汽車，十足是一隻烏龜。

白素在一旁看我們談話，也興趣盎然，可是不久，問題就來了。

在紅綾對文明社會中的一切事物有了初步認識之後（她畫出來的摩天大廈，具有聳天峭壁的氣勢，很可以供建築師參考），她忽然發起愁來，發出了一下呼叫聲，兩頭銀猿在不遠處蹲着，一聽呼叫，立時疾竄過來，在她的身邊蹲下。

紅綾摟住了牠們，我一看到這種情形，首先想到的是良辰美景這一對雙生女，因為銀猿剛才，在掠過來的時候，身形快絕，眼前一花，兩道銀虹過處，牠們就來到了近前，所以我想到了行動也快絕的良辰美景，看她們行動，很多時候，也只是紅影一閃。

生物的進化過程中，有遺傳因子突發的「返祖現象」，良辰美景的輕功，練到了這種出神入化的地步，是不是基於她們具有的猿猴因子突發的結果？

如果承認人是由猿猴進化而來的，這種假設就可以成立，同時也可以說明，何以有些人怎麼練，也練不出什麼輕功來，而有的人，就容易成功，用傳統的術語來說，是有的人「根骨好」、「資質天生」，那還不就是遺傳因子在起作用？

我一下子從銀猿到了紅綾的身邊，就想到了那麼多，自然興致勃勃，也就沒有注意白素的神情，就向紅綾介紹起良辰美景來。

紅綾也聽得十分有趣，聽了一會之後，她忽然面有憂色，道：「我到……大城市去，還不要緊，我會講話，可是牠們怎麼辦？」

我一時之間，還未曾意會紅綾這樣說是什麼意思，白素已疾聲道：「牠們不會去，在文明社會，沒有人到哪裏都帶着兩隻——」

我在白素一開口時，就向她望去，只見她的臉色，難看之極，我連忙握住了她的手，感到她手冰涼，我又伸手掩向她的口，因為我知道，她對那兩頭銀猿，不會有什麼好聽的稱呼，多半是「猴子」、「猢猻」之類，雖然紅綾未必明白含義，但白素的神情已極度不滿，紅綾一定可以覺察得到的。

白素被我掩住了口，她也沒有再說下去，可是面色仍然難看，那是我以前未曾見過的情景。

而紅綾也低下了頭，不再說話，可是她雙臂卻把兩頭銀猿摟得更緊，用行動來表示抗議。

於是，剛才興高采烈的情緒，一下子就沉寂了下來。在沉默了片刻之後，我伸手在紅綾的頭上輕拍了兩下，站起身，和白素一起走了開去。

白素默然無語，走出了十來步，再去看紅綾時，她已和銀猿在一起翻觔斗了。

我向紅綾一指：「看，煩惱全是人自找的，像她那樣，自由自在，多快樂。」

白素聲音平淡：「如果允許她帶了兩頭猿猴到城市去，那才真是自尋煩惱。」

我本來想說「把她帶到城市去，才是真正的自尋煩惱」，可是這句話，在我喉際打了一個滾，就咽了下去，因為如果說了出來，白素必然不同意，這就演變為吵架了——我和白素，有不同的意見，但絕不願吵架。

白素似笑非笑的望着我：「在腹誹什麼？」

我忙道：「不敢。不敢。」

白素忽然長嘆，我明白她的意思是：「不會」才好，「不敢」，還是腹誹了。

我自然也只好苦笑。

等到我要離開時，我真想拉白素一起走，可是我還未曾提出，白素已經把話說在頭裏：「我要留在這裏。」

她的神情，告訴我她心中在想些什麼，我又把一句話在舌頭下打了一個轉，沒有說出來，那句話是：何必和兩頭猴子去爭。

白素駕着直升機，送我到可以通向外面世界的機場，反正我隨時可來，而且，直升機上的通訊設備也可以使我們經常聯絡，所以說不上有離愁。但是。當我下機之前，我和白素互望着，雙方都分明有話要說，但又不知如何說才好。

過了一會，白素才道：「你先說。」

我雙手一攤：「我要說的，我認為我已全說了。」

白素低下頭一會，才道：「我還有一些話沒有說，那是關於我將會去做的一些事。」

我皺着眉：「和我的意見有強烈的衝突？」

白素側着頭：「和紅綾有關，但是和你的意見，沒有衝突。」

我望着她，想弄明白她究竟是在打什麼啞謎。可是她避開了我的眼光。

我無法設想她要做些什麼，明知問了也沒有用，我試探着問：「不需要我參加？」

白素拒絕得斬釘截鐵：「不需要。」

我只好作了一個無可奈何的手勢，本來我還想告訴她，如果溫寶裕的處境沒有改善，可能會把他窩藏到藍家峒來，但繼而一想，白素已經夠煩的了，何必再增添她的煩惱，所以也就沒有說——這就是所謂「無形的隔膜」了。

後來，白素照她的意思行事，當真出乎我的意料之外，而她行事所導致的結果，就算是她自己，也未曾料得到。當然，如果那時，她就告訴了我，她將會怎麼做，我非但一定反對，而且會加以破壞。

以後發生的事，以後自然會敘述。

和白素分手之後，又是一連串的飛行，在旅程中，我思考的自然是人類文明的發展過程——還是我和鐵天音所作出的假設。

未來世界的出現，是人類的絕路，照說，人類若真有智慧，不應該走向絕路。可是歷史事實，現在所發生的事，和可見將來的趨勢，卻都證明，人類正大踏步，勇敢洶湧地邁向絕路。

那不是具有高度智慧生物的作為，所以，人類的「智慧」來源，不但曖昧，簡直可疑。

圈套！

在德國萊茵河邊的一個村莊中，我找到了童年好友鐵旦，兩個人並坐在一個小湖邊上垂釣——目的是找一個幽靜優美的環境閒談。

我把我在旅程中所想到的結論告訴他，他坐在輪椅上，半晌不語，只是望着粼粼的湖水。

我們分別雖久，可是我的經歷，他知道很多。他的經歷，更是舉世皆知，所以免去了介紹多年來的生活情形，可以有更多的時間，來訴説自己的感想。

過了好一會，直到已有魚上鈎了，他才輕輕提了釣桿一下：「魚被魚餌引誘得上鈎，和人類被一些餌引進圈套，情形完全一樣。」

他雖然半身不遂，坐在輪椅上，而且頭髮也白了，可是我才一見他時，還是可以感得出他馳騁沙場，統率大軍，在槍林彈雨之中，衝鋒陷陣的那股氣概。

可是當他說那兩句話時，我卻感到他是一個疲倦透頂的人。

我安慰他：「你現在隱名埋姓，不問世事，可以說脫出圈套了。」

鐵大將軍一聲長嘆：「我是死過來的人，當然容易看得透，可是也有很多人，到死都看不透的，這是一個矛盾：在圈套中的人，活得極起勁，名、利、權，都有爭奪的目標，所謂『有積極的人生意義』，而跨出了圈套的，生活就是剩下時間的消磨──那是好聽的說法，說得直接一些，就是等死。」

他的遭遇，使他有這樣的感嘆，我並不同意：「像你這樣的情形，正好可以思考，把你想到的記錄下來，影響他人。」

鐵旦哈哈大笑：「想我做聖賢，別忘了絕聖棄智，人類才不受擺佈。」

我長嘆一聲，他提起了釣桿，取下了魚，又拋進了湖水中，轉過頭來：

「打電話給天音，這孩子，唉。」

我笑了起來：「這孩子很好，你完全不必為了他唉聲嘆氣，我剛才還以為你真的脱出了圈套了。」

鐵旦自己也笑了起來。

和鐵天音通電話，我首先問：「那小女孩怎麼樣了？」

鐵天音聲音苦澀：「沒有起色，而溫寶裕也很難再躲下去了。」

我也只好苦笑，鐵天音卻又告訴了我一個意料之外的消息：「找到了陶格先生。」

我「啊」地一聲：「他……怎麼樣？」

鐵天音的回答，更出乎我的意料之外：「一艘遊艇在海面上把他救起，他還活着，我得到了信息去看他，他説，他一定要見了你才會死。」

我一時之間，説不出話來。常言道：閻王注定三更死，誰敢留人到五更。陶格已經衰老到了這種程度，他怎有能力控制自己的死亡時間？

我沒有立刻反應，鐵天音多半知道我在想什麼，他道：「陶格先生的情形有點怪，無論如何。你要盡快趕回來。他說，雖然他勉力堅持，但也不能堅持多久，我曾和苗疆聯絡，尊夫人說你到家父那裏去了。」

我吸了一口氣：「我才和令尊相會──」

鐵天音打斷了我的話頭：「請你和機場聯絡，盡快來，陶格有事要告訴你──他只肯告訴你。」

我嘆了一聲：「好。」

和機場聯絡的結果，是兩小時之後，就有班機，於是，我和鐵大將軍的相聚，只好提前結束。先回到了他簡樸的居所，他斟了兩杯酒，一人一杯，他道：「看你這種趕來趕去的情形，就覺得──」

他頓了一頓，我問：「是感到可憐還是可笑？」

鐵旦一舉起了杯，長吟：「莫思身外無窮事。」

我把杯中的酒，一飲而盡，接了一句：「且盡生前有限杯。」

念着老杜的詩句，我們兩人都有無限的感慨。可是感慨還感慨，該什麼時候起飛的飛機，還是不會等人，我擁抱了這位退隱的大將軍一下，就匆匆告辭。

在機場，我又和鐵天音聯絡，告訴他我的行蹤，鐵天音也告訴我：「我通過關係，把陶格搬到我們的醫院來了，他虛弱之極，可是還活着。」

陶格還活着，這確然出人意表。到了目的地，下機不久，就見到了鐵天音，鐵天音雖然行事老練鎮定，可是這時。他也像是忍住了小便的孩子，在團團亂轉，而且不時跳動，見了我之後，拉着我就奔：「快！快！陶格隨時會死！」

他把車子駕得飛快，幸虧正當午夜，才能容他以這樣的速度趕到醫院去。

當他推開病房的門時，我搶步進去，看到牀上的那個老人，和伊凡相比，實在很難分得出誰更老一些。

我一近牀，他就睜開眼來，口唇顫動，說了一句話，聲音十分低，可是聽得清：「他們告訴我，你來了。」

我一時之間，也不明白這句話是什麼意思，覺得他說的話，我可以聽得懂，已經是上上大吉了。

我並不隱諱他快死的事實，所以催他：「你有什麼話，要快點說，你時間不多了。」

陶格點頭：「未來世界的主宰完了。」

未來世界完了。是怎麼完的？是他們在萬年之前佈下的圈套有什麼漏洞，還是它們自己犯了什麼錯誤？

這都是我急於想知道的問題，可是我不認為他還有時間去敘述。所以我做着手勢：「你先說，它們為了未來世界的出現，佈下了什麼圈套？」

陶格的答案一出口，我和鐵天音自然而然，揚掌互擊了一下。陶格說的是：「它們使人有智慧——」

他說的，正是我和鐵天音的推論。不過，陶格繼續所說的，也還有我們沒有想到的情形。

他道：「它們在人類的遺傳密碼上做了手腳，使人類完全按照它們的安排發展，進化，並且總是有各種各樣的罪惡出現，不定期地有可以役使成千上萬人聽命的暴君產生，發動大大小小的戰爭，就像是編劇和導演，在盡心盡力炮製一部電影，務求這電影緊張刺激殘暴血腥色情曲折離奇古怪，好讓未來世界的主宰，在回顧人類的歷史中，得到高度的娛樂，看人類是如何地被擺佈，如何愚蠢，如何冥頑不靈，身在圈套之中，全然不知。」

陶格先生一口氣説到這裏，氣喘不已，我和鐵天音聽得目瞪口呆，全身透涼。

整個人類的命運，竟是如此悲慘，不但是未來世界倖存的一些人是玩具，根本整個人類的發展史，也是未來世界主宰的一種娛樂，難怪在人類的歷史上有那麼多荒誕得完全無從解釋的行為，原來那全是未來世界主宰愛看的情節。

我只能極無力地説了一句：「可是……它們也完了。」

陶格喘着氣：「它們完了，並不代表人重新成為世界的主宰……我把話説明了，衛斯理，你能盡力使人明白，有這樣的事實在？」

我緩緩搖着頭，表示我不能，我無能為力。

陶格長嘆一聲，閉上了眼睛：「我去了，他們正在等我呢。」

這已是他第二次説到「他們」了。我疾聲問：「他們？他們是誰？」

陶格道：「伊凡、唐娜，和他們的媽媽……他們的靈魂在等我。」

我和鐵天音互望了一眼，雖然陶格的話，意外之至，但我還是有了極快的反應：「如果你和唐娜的靈魂有接觸，請她再進入那個女孩的腦部。」

陶格約有十秒鐘左右沒有回答，我又道：「如果你們願意，我可以為你們找四個適合的身體，讓你們仍然可以做人。」

陶格笑了起來：「不必了，使人貪戀生命，甚至一個階段的生命結束之後，還要通過輪迴，再來一遍，好讓它們一遍又一遍地玩下去。不了，我們都不想再做人了。」

這個回答，又大大出乎意料之外，我不禁駭然自問：「難道連輪迴這種情形，也屬於圈套的範圍？人在生，脫不出圈套，死了，靈魂也脫不出。」

這令人十分難以設想，我思緒紊亂，望着陶格。

陶格又隔了幾秒鐘，才道：「唐娜完全知道你的意思，可是她說，她不想和別人……不……別的靈魂去爭。」

我聽得莫名其妙：「什麼意思？」

陶格道：「已經有一組記憶組，進入了那小女孩的腦部——這是唐娜說的，她說，她也不想再有形體，所以就不嘗試了，她說，你能理解的。」

我不由自主，張大了口，還覺得我的呼吸困難。是的，我可以理解，陶格轉述唐娜所說的話，我聽得懂，有一個靈魂，已進入了陳安安的腦部。

也就是說，溫寶裕的難題解決了。

當時，只想到了這一點。而陶格在長長吁了一口氣之後，生命結束，鐵天音拉起牀單，蓋住了他的臉。

鐵天音有事要處理，我心急去看溫寶裕，在走進大宅時，我忽然想起：進入了陳安安腦部的那一組記憶，本來是屬於誰的？

那是一個什麼樣的鬼魂，借了陳安安的身體還陽？

這種情形不但詭異，而且可怕——那靈魂可能屬於一個千年老鬼，也可能屬於一個十惡不赦的歹徒，當然也會是厭世自盡的癡男女，或者是從不知哪一層地獄之中脱身而出的冤鬼。

當我推開了門時，我看到的情景是，溫寶裕神情欣喜，正在和陳安安説話，説的是：「我不理會你原來是什麼孤魂野鬼，你現在是一個叫陳安安的小女孩，有很好的家庭，會有許多人都夢想不到的生活，你要好好地做好你這個新的角色。」

陳安安眨着眼，溫寶裕説完了話，才轉過頭來看我，就在那一剎間，我看到在陳安安的臉上，現出了一個狡詐陰森至極的神情，雖然那種神情，只是一閃而過，可是也使我感到了一股寒意。

溫寶裕沒有看到，他興奮得漲紅了臉，大聲道：「我一直在用我的方法招魂，原來並不困難，我想，扶乩和碟仙，都可以請到鬼魂，我一定也請得到的，果然，有了信心，就會成功，你看，我可以交差了。」

他手舞足蹈地説着，又拉了陳安安，來到了我的面前，陳安安十分柔順，看來是一個乖女孩。

可是，我忘不了剛才她現出的那種可怕的神情。

溫寶裕道：「看來她很聰明，我教她認識她的父母，教她適應她的新生活，她都能領會。」

我吸了一口氣，溫寶裕這小子，可能還不知道自己做了什麼事，當然，他可以向陳氏夫婦交代了。

那時，安安來到我的身前，叫了我一聲：「衛叔叔。」

我蹲了下來，盯着她看，她也回望着我，目光之中，有着小女孩不應有的鎮定。

我一字一頓地問她：「你是什麼人？」

她一字一頓回答我：「我是陳安安。」

我沒來由——不，大有來由地感到了一股寒意。

（全文完）

衛斯理小說典藏版 27

圈套

作　　者：　衛斯理（倪匡）
責任編輯：　蔡敦祺　楊紫翠
封面設計：　李錦興
出　　版：　明窗出版社
發　　行：　明報出版社有限公司
香港柴灣嘉業街18號
明報工業中心A座15樓
電　　話：　2595 3215
傳　　眞：　2898 2646
網　　址：　https://books.mingpao.com/
電子郵箱：　mpp@mingpao.com
版　　次：　二〇二二年七月初版
I S B N：　978-988-8688-73-9
承　　印：　美雅印刷製本有限公司